共和国青海记忆丛书

青藏高原之脊

qingzanggaoyuan zhi ji

王宗仁 著

青海人民出版社

图书在版编目（CIP）数据

青藏高原之脊 / 王宗仁著 . -- 西宁 : 青海人民出版社 , 2020.6（2021.4 重印）
（共和国青海记忆丛书）
ISBN 978-7-225-05967-9

Ⅰ. ①青… Ⅱ. ①王… Ⅲ. ①报告文学—中国—当代 Ⅳ. ① I25

中国版本图书馆 CIP 数据核字 (2020) 第 081729 号

共和国青海记忆丛书

青藏高原之脊

王宗仁　著

出 版 人	樊原成
出版发行	青海人民出版社有限责任公司
	西宁市五四西路 71 号　邮政编码：810023　电话：（0971）6143426（总编室）
发行热线	（0971）6143516 / 6137730
网　　址	http://www.qhrmcbs.com
印　　刷	青海西宁印刷厂
经　　销	新华书店
开　　本	890 mm × 1240 mm　1/32
印　　张	6
字　　数	140 千
版　　次	2020 年 7 月第 1 版　2021 年 4 月第 2 次印刷
书　　号	ISBN 978-7-225-05967-9
定　　价	30.00 元

版权所有　侵权必究

目 录
MULU

● **青藏高原之脊** ◇ 1

　　第一章　活的雕像 ◇ 3

　　第二章　忍者为强 ◇ 17

　　第三章　冰下热泉 ◇ 28

　　第四章　醉沉心底 ◇ 35

●死亡线上的生命里程◇ 47

　　第一章　哦！这就是青藏线◇ 49

　　第二章　线魂◇ 65

　　第三章　永恒的价值◇ 98

●女人，世界屋脊上新鲜的太阳◇ 117

　　第一章　缺氧的哲理◇ 125

　　第二章　爱情失衡以后◇ 152

●尾声—开始◇ 183

青藏高原之脊

我是一个曾经在青藏公路上跑过车、履历表上有过七年青藏奋斗史的"老高原"。这块高地平均海拔为4000米。当年我刚20岁出头,脚踏油门,西宁—拉萨,拉萨—西宁,每一年都要跑上五六个来回。内调下高原时,朋友问我:"在生死线上驰骋七年,有何感想?"我回答:"还没跑够!"

时隔20多年后的1990年夏天,我重返昆仑山。从一踏上青藏公路零公里处的那一刻起,我就强烈地感到:曾经很熟悉的一切,似乎都变得陌生了!

我的步伐是充满憧憬的,因而有时很轻松;这步伐又难免掺杂着某些怯懦,因而有时很缓慢甚至犹豫。果然,我一上日月山,就阴差阳错地感到:离太阳近了,离死亡也近了。

青藏高原严重缺氧!

按人体正常需要氧气的比例计算,西宁缺氧15%~20%,格尔木缺氧20%～30%，昆仑山口以上缺氧40%～50%。

如果谁把这些当成是耸人听闻的戏言，那么，就请他结识一下青藏线人吧！紫红色的脸庞像祖辈生活在雪山的藏家人；指关节变粗、指甲凹陷的手像深埋在沙包里的红柳根；沉默得近乎木讷的神情是因为不少人至少忍受着两三种高原病的折磨……

当初他们上青藏线时并不是这样。青藏线人在改造高原的同时，高原也改造着他们，而且这种互相改造还在继续着。

昆仑山西大滩泵站的窗台上，罐头盒里种着一棵海棠。盒上写着两个字："忍耐"。

我对"忍耐"二字颇感兴趣。因为青藏线人正是靠着它，才在这人迹罕至的地方生存和战斗。

正在这当儿，江泽民总书记来到昆仑山下，接见了兵站部的连级以上干部。他在讲话中说："你们青藏兵站部组建以后，常年在青藏线上执勤，完成了许多重要任务。你们在自然环境和生活条件异常艰苦的情况下，培养和锤炼了特别能吃苦、特别能忍耐、特别能战斗的革命精神。"

忍耐，共和国军人独有的品格！

兵站部先后有十多万人在这里生活和战斗过，其中有600多名同志献出了宝贵的生命。这是在没有枪声、炮声的和平环境中的献身啊！昆仑山下的那片一眼望不到边的陵园，覆盖着密密的白刺和红柳，呈现出一派苍凉、悲壮的景象。

那么，活着的人呢？

他们只知道抗争！

第一章　活的雕像

我很吃惊：会有这种事吗？如果是在那个"为纲"的年代，这肯定是一个"新动向"。可是，给我讲这件事的这位兵站部的副部长非常镇静，甚至显得有点儿冷漠。

他说，在他经过唐古拉山的那天夜里，有人污染了山巅的汉白玉石雕像，将黏糊糊的机油泼在了像身、像座上。他还说，这样的事已经发生过两次了。第一次的那个人是兄弟部队的一位老兵，他一边泼洒着机油，一边发泄着："雕像！雕像！老子在西藏干了十几年了，谁给我建过雕像？"

副部长说完就走了，像吹了一阵风似的轻淡。

我却陷入了沉思，而且很有几分恼火！

西部本来没有雕像。1989年10月，正值青藏兵站部上高原执勤35周年之际，青海、西藏两省（区）为纪念修建青藏公路而献身的人民解放军，在唐古拉山山口修建了这座石像。那是一个顶风斗雪的军人石像，它象征着青藏线的一万多名官兵。

转而我又想：何必动火呢？生活中什么样的人都会有，那些污染别人的人首先向人们展示的是他自己的污秽；何况真正奉献的西部军人是不会有雕像的，因为任何刀工精湛的艺术家，都难以塑造出他们的灵魂。

活的雕像是活的灵魂。他们有一颗不怕污染的洁净无瑕的心。

西红柿价值的升华

那是一个夕阳久久不肯从山巅坠落的黄昏，昆仑山口某油库壮观、新奇的一幕使我大开眼界。我多日来苦苦觅寻的东西，想不到会在这时轻而易举地得到了！

我国第一条横跨世界屋脊的1080公里的格尔木至拉萨地下输油管线就是从这个油库伸出的。它担负着百分之百的进藏油料的输送任务。近十年来，共计有150万吨油料从这儿源源涌出，流往西藏。但是，此时我的注意力并不在那气势磅礴的架在山脊的"油龙"上，而是在昆仑山北麓的玻璃温室里。

这是一个菜园，它的美景、壮景实在不亚于仙山琼阁。当它猛然间出现在我面前时，我竟惊讶得找不到合适的词儿来形容它。碧绿？翠绿？油绿？似乎都显得苍白。后来我发现温室粗糙的土坯墙上歪歪扭扭地刻着三个字："雪山绿"，我的心头忽然一亮！有了：绿，雪山绿，军绿。青藏线人之魂！

大饱眼福！这个寸草不生的亘古野滩，千年雪山下的这方绿地。我认为四千里青藏线唯独这里景色最诱人。不信吗？下面一组从这方绿地上长出来的数字，就足以让你理解我的心情为何这样激动！

一个南瓜68斤，一个茄子5.8斤，一根黄瓜4.1斤，一个萝卜3斤，一个西红柿2.1斤；豆角长1米，辣椒长27厘米……

仓库唐主任站在仿佛洒了一层热乎乎面汤的玻璃房中间，抹了把鼻尖上的热气，以七分自豪、三分神秘的口气对我们说：

"我们库里共有三个这样的温室，加在一起约一亩半地。昆仑山的暖房是四季种菜，常年收获。吃菜的旺季有三次：第一次在春节前后，第二次是三四月间，第三次就到国庆节了。现在是6月，你们正好赶上了青黄不接的淡季。"

说着，他摇了摇足有两米高的"辣椒树"，颇有一点儿炫耀的意思。然后，唐主任摘了个西红柿塞到我手里，说：

"上次军报江永红记者来暖房，逮住这西红柿就吃。那家伙吃得满嘴淌水，真馋人！重两斤的柿子被他两口就消灭了。他说在这个地方吃西红柿比在北京去'全聚德'吃烤鸭还来劲。江记者这个人痛快！"

我拿着西红柿，却怎么也张不开嘴，怕羞。

我知道他们这菜种得很艰难。羊粪是从120公里外的西大滩捡来的，人粪肥是从180公里外的大柴旦运来的，水是从5公里外的雪水河拉来的。单算经济账就贴进去老鼻子了！种菜人说：

"我们在高原种菜种的是一种精神，一种追求。"

我想到刚才在仓库办公楼前的空地上看到的那一株株"羊粪草"，头发丝一样的叶子，很硬，直扎手。主人说，那是头年从西大滩捡来的羊粪里的草籽落地长成的。够顽强了，羊儿没把它嚼碎，屙出来，它便从昆仑山深处挪到了戈壁滩上。

这就是精神吗？

我找到了当初在昆仑山倡导种菜，几经失败终于染绿了戈壁的这个仓库的原政委,现任兵站部副部长的耿兴华。

"你实现了多少代人梦寐以求的愿望,在这块鸟都不拉屎的地方种出了菜。"

"我们种菜与其说是为了吃,不如说是为了看。"

"看菜?太新鲜了!你能不能讲讲你们是怎么看的?"

"在冬天下雪的时候,或是夏天里飞沙走石的日子,我下了班就常常蹲在温室里看那红亮亮、脆鲜鲜的西红柿,瞅着它长个儿,看着它变红。一看就是半天儿,忘了吃饭,连抽烟也忘了。身后不知啥时候蹲了好些同志和我一起看菜,我竟然没有发觉……"

"连饭都不吃了,你这可真是看饱了肚子。"

"岂止是看饱了肚子,不少人看了这稀罕的蔬菜,在这儿蹲得住了。原先总有一些人年年闹腾着要从我们仓库往外挪。这个地方是'三只蚊子一盘菜',谁愿意留下呢?自打这'昆仑菜园'出现后,便再也没有人提'外流'的事了。我是政委,平时常常给大家上政治课,教育同志们要在昆仑山扎根。现在我觉得,这个菜园似乎帮我做了不少思想政治工作。"

我理解。不仅是理解,更多的是对开辟"昆仑菜园",并把蔬菜的价值升华到一个新的高度的高原人发自内心的钦佩。

我对耿兴华刮目相看了,我由此推想他这个人的内心世界一定很丰富。去年,中央电视台播放了五集电视纪录片《西部没有雕像》,在全国反映强烈。也许你还不知道,耿兴华正是这部纪录片的作者之一。有人不解了,一个管"猪圈、菜地、豆腐房"的行政干部,哪来的雅兴写剧本?不奇怪,把这个耿部长与九年前在昆仑山口费了九牛二虎之力建菜园的耿政委联系在一起,一切都迎刃而解了。

物质变精神，精神变物质，耿兴华不但懂这个，而且会"变"。他是一个不甘寂寞的人，他需要一种不甘寂寞的精神，而且要把这种精神昭示给高原以外的人。他不需要人们的赞扬，只求大家能够理解高原人。

耿兴华在青藏线上整整工作了30年。我和他是老战友，曾在一个宣传处的办公室里工作过。他是大家公认的演讲起来具有相当感染力的演讲家。容易激动的人能写出好诗，耿兴华的诗作不多，但不乏精品。七八年前，报刊版面几乎被那些朦胧诗充斥着，耿兴华认真研究了其中的代表作。不懂，就是读不懂。他去请教一个对朦胧诗相当欣赏的人，竟然也说不出什么名堂来。于是，他熬了几个晚上，写了一组从青藏线生活海洋里打捞出来的诗，发表在《青海日报》副刊的头条。大家说："盖帽了！"没想到这次我见到他，他一点儿也不显老，近50岁的人了，当年那血气方刚的豪情犹在。人嘛，就应该这样，即使100岁了，也不可把18岁的风骨磨掉，还应该跳舞，应该写诗；还应该像耿兴华那样有"看菜"的男气和写诗的雅兴。

活的雕像就是要活得这样滋润！

32年，暖块石头也该孵出鸡娃了

我想起了兵站部王根成部长，他是在另一种夹缝中生活，并不断获得安慰、信心和乐趣的青藏线人。

这是一个八百里秦川的苞谷糁子支撑起来的一米八个头儿的烈性汉子。不认识他的人，只要瞅瞅他这个头儿，看看他那古板中透着几分威严的脸，你就会得出结论：世界上的事情没有他干不成的！

他在青藏线上待了32年，和他一起上高原的人都早已回到内地了，他还欢实地干得很起劲。有人说，全兵站部翻越唐古拉山次数最多的人是王根成。他是从班、排、连，到营、团、师，一个台阶一个台阶地走上来的；光在师职的岗位上就干了8年。用一个战士的俏皮话说："8年，暖块石头也该孵出鸡娃了。"那么，他在青藏高原上这32年，又能孵出多少只"鸡娃"呢？不论在哪个岗位上，王根成都是黎明即起，不停地工作；他只记得今天哪些事情要急办，明天又有哪些事情要筹划。他仿佛永远也不知道什么叫疲劳，什么叫艰苦，什么叫牺牲；仿佛他天生就该在这个世界屋脊上扎根、苦干似的。

我和王根成是一个火车皮拉来的战友，我俩是那个全国人民都知道的法门寺所在地——陕西扶风县人，入伍后又在一个部队开车。1965年，我调到首都工作，他仍像西藏的牦牛一样在雪山上超负荷行进。这期间，他作为青藏线上的先进个人和先进单位的代表来北京开过几次会，我们匆匆地见过几面，却未及深谈。这次，我一到西宁，他就赶到招待所来和我寒暄，当着众多相识的和不相识的人的面将了我一军："还记得不？当时我在六连当排长，你是代理副指导员。一次检查内务，你提溜起我们一个驾驶员扎得松松垮垮的背包批评我说：'你这个排长是怎么当的，带的这兵能打仗吗？'"这事我确实记不得了，即使当时批评过他，那也是有口无心。30年前的事他还记得这清楚，可见他没有把我这个老战友忘掉。

我的这位老乡没有给"江东父老"丢面子，他在青藏线上是干出了名堂的。开汽车时，他是全团唯一的万里车驾驶员；当连长时,他们的连队被总后评为标兵连队;当团长时,全团的出车率提高到百分之八十,这在青藏线上是少有的。最近,中央军委还授予他们"青藏高原模范兵站部"的光荣称号。

每一次成功都必须付出代价,而这个代价又不能不和相应的痛苦甚至眼泪连在一起。

这次,我和王根成关起门来做了一次谈话,当然是推心置腹的了。

"你的身体状况到底怎么样?"我问。因为这次见面后我就发现,虽然他还是那个黑脸大个儿的王根成,但已经不那么壮实了。宣传科王志雷同志也给我通了个"情报":"去年在唐古拉山口举行雕像落成典礼,他讲话时好个喘哟!当晚他在沱沱河兵站住宿,半夜里断了氧气,差点出了麻烦。"

王根成回答:"身体是有点不如当年了。去年春天我到拉萨,几个单位的负责同志正在向我汇报工作,我听着听着,忽然脑袋'轰'的一声,眼前一黑,晕了过去。大概只过了几秒钟,我又清醒了,我看到汇报的同志依旧在滔滔不绝地讲着。他们竟然什么也没有发现,我也就什么都没说,继续听汇报。这种情况过去从来没有发生过。事后,我问自己,是不是不行了? 50岁的人了!这使我想到上次去北京的事:一住进宾馆就感到头疼,想吐,接着就是发烧,什么也不想吃。难受了好些日子,后来回到高原才好了。"

他是笑着讲这些事的,一声叹息也没有。我看到的还是我们从闷罐车上下来进军营时的那种笑。

"身体的事马虎不得,你还是到医院认真检查一下为好。"

"就这个样了,身体没什么大病,一下子还要不了命,但也不容乐观。总之，我不想那么多，干事要紧。兵站部这一摊子头绪多、事情杂，没有人挑头是不行的。"

青藏运输线离开了兵站部这支队伍是要瘫痪的，而这支队伍又离不开一个好部长。根成的担子是很重的。

1989年12月25日，王根成在青藏兵站部上高原执勤35周年大会上讲话时，有一段话讲得非常动情，他说：

"青藏线35年艰苦创业的历史，充分展现了青藏线人的风貌，体现了青藏线人的赤诚，表现了青藏线人的情怀。今后怎么办？我还是那句话：'不怕损身子，不怕苦妻子，不怕误孩子，不怕舍父母。'我们要在高原上干下去，这是党和事业的需要。"

这洪亮的嗓音好悠长，它借助扩音器传到了兵站部每一个人的心里，连在北京的我似乎都听到了。好个"四不怕"！没点决心和气派谁敢讲？

这"四不怕"现在在青藏线上叫得很响，可是，你知道吗？原来它是一首顺口溜，曾被人们视为青藏线人的"牢骚话"。原话是："损了身子，苦了妻子，误了孩子，舍了父母"。那年，总后勤部赵南起部长来昆仑山视察工作，有人在汇报时把这四句"牢骚话"给端了出来。赵部长听了，马上就做了纠正，说："我看这四句话不是牢骚话，恰恰是你们青藏线官兵们牺牲、奉献精神的真实写照。非常了不起啊！同志们，你们是值得我们学习的！"

将军讲这番话时，眼里含满了热泪。

据说，王根成在大会上高声呼喊"四不怕"时也是热泪盈眶的。

他的经历中写着一个鲜艳的字：爱

我过去不认识他。

那天到格尔木 22 医院去检查身体，我看到他肩扛大校军衔，一下子就对他产生了几分莫名的敬意，同时也拉开了我们之间的距离。可后来竟是他带着我检查身体，外科内科，楼上楼下，满口乡音，他说他读过我写青藏线的不少作品，我们之间的距离又拉近了。

这时，我才知道他就是余忠江院长。其实，他的名字我早就听说过，而且曾经想写他。在青藏线上的知识分子中，他是很受人敬重的，原因是他在这儿扎扎实实地工作了 26 年！他走了知识分子应该走的但至今仍有人在犹豫的路。

我真不相信他就是我想象中的那个大学生，那个余忠江。离开老家关中都二三十年了，怎么还是满口老陕话！如果不是这身威武的军装，他简直像个从风里雪里走来的哈萨克族牧民，身板那么壮实，待人那么和蔼。就是穿着军装，他也没有知识分子的斯文、秀气，倒像一个高原汽车部队里的团长。我跟着他在病房里走了至多不过半小时吧，他就跟那么多人打招呼，好像这里的每个人都是他的老朋友。一位看样子似在寻找 X 光透视室的蒙古族老妈妈在走廊里东张西望，他便上前给老人指引方向；还有一位检查身体的军人找错了科室，他又把他领到了二楼。

我对他说："你不用陪我了，我自己会把所有项目检查完的。"

他听了笑笑，说："还是我带着你方便，你们多少年才能来一次呀！"

医院政治处的一位同志告诉我：昨天晚上余院长几乎一夜未合

眼,为了一个病人住院动手术的事。原来,有个回族青年脾破裂,医生决定立即给他实施手术。可是,这个病人死活不肯做手术,因为他没有那么多的钱。医生给他讲了脾破裂的危险性,请他一定要慎重考虑。可他在晚饭后竟然悄悄地走掉了。晚上,余院长知道了这件事,他问科主任:"病人现在在哪里?""昆仑旅社。""那好,我派车,你们马上把他给我找回来!"主任快速赶到了旅社,对病人说:"我们的院长请你回去做手术。他说,不做手术你的病会很危险的。"病人说:"就是死了,我也不治。没有钱呀!""院长讲了,先治病,钱的问题以后再说。如果你实在很困难,我们就给你想办法。解放军的医院怎能为了钱,把病人推出去不管?"病人放声哭了起来。他终于回到了病房,余院长正在焦急地等着他……

后来,我在和余忠江院长交谈时提起了这件事,他的回答十分明确:"作为医生,救人是天职,病人的生命高于一切。因为'钱'的事打官司到我这儿来的,我就回答:抢救人命第一,不要因为钱,把本来可以抢救过来的病人误在我们医院里。"

我想,只有走过许多冰天雪地,走过许多荆棘丛的人,才能说出这种话。余忠江的经历是我们无法想象的,因为他在青藏线上吃了太多太多的苦头儿。

来高原那年他刚25岁,从第四军医大学毕业时,正是1966年7月那个"火烧一切,油炸一切"的岁月。他被分配到汽车连队给司机当助手,任务是擦车、打黄油、加水、加油、紧螺丝、打掩木,给驾驶员扛行李。干这些事要说当时他不委屈那是骗人的,但是他还是干了,而且是一名很称职的助手。一次,车队到了不冻泉兵站,他发高烧,40度,战友们很焦急,好不容易给他弄来一碗糖稀饭,可他烧得糊里糊涂，一口也不想吃。第二天起床后，满被窝都是稀饭，可他还是要坚持跟着车队上拉萨，连里的领导和同志们都说："老余呀，你必须下到西宁去！"他说："我只能上不能下。"他把被子拴在篷杆上，晾着，继续上山了。接下来的第二趟任务，车队一到唐古拉山下的安多兵站，他又发高烧，比头一次还厉害。兵站的医生劝他下山，说太危险。他呢，摇摇头，指指山上。

这趟任务他是吸着氧气才完成的……

余忠江在连队整整当了一年半的助手。

后来，他又调到坐落在昆仑山中的纳赤台兵站当了五年军医；再后来，才调到西宁325医院的外科工作。1989年又调回昆仑山下的22医院。20多年来，他出版了3本医学专著，发表了15篇论文。

他是从荒芜、严酷的青藏线上站起来的大学生。热情与冷漠、苦涩与甜蜜编成了他既简单又复杂的经历。他的经历中写着一个鲜艳的字：爱。对祖国疆土的爱，对疆土上人民的爱！

今年他已经49岁了，这个年龄上高原应该说是顾虑重重的。我以试探的口气问他今后有什么打算，他说：

"一个人在这个医院待的时间总是有限的，但是22医院要长久地存在下去，这是没有疑问的。医院的兴衰与这里的每个人都有关，我们每个人都应该为医院的发展做出应有的贡献。"

接下来，他给我讲了他来医院后着重抓的几项工作：关于知识分子成才的工作，关于下大力气解决设备的问题，关于解除知识分子后顾之忧的事情……

他有甜蜜的昨天，也肯定会有甜蜜的明天！我坚信。

成熟与苍老是同步增长的吗？

在这里，我要向读者介绍一个青藏线上的第三代人，以及他的感情，他的苦乐，他的愿望。

文义民，39岁，汽车某团政委，任现职已经快三年了，这之前他曾在兵站部任过组织科长、政治部副主任等职。他所领导的团队连续六年没有发生重大事故，这个成绩很了不起，在全军的汽车团里也是创纪录的。他们的团党委连续六年是兵站部的先进党委，六年中有四年被上级评为"全面建设先进团"。就在我采访期间，又从北京传来佳音：总后勤部批准给这个团记集体二等功一次。

年轻的政委挑了一副重担，在风雪高原上带出了一支过硬的团队，令人钦佩。我想，他的感情一定很丰富，要说的话一定很多。出乎我的意料，他是那样的简单、明了。下面是我们的对话。

"你是个称职的团一级党委的领班人，我很想知道你这些年是怎么走过来的。当初在你挑起这副重担的时候，大概总会有人投来怀疑的目光吧！"

"别人怎么看，我无暇顾及。在团里这些年，工作中有甜头也有苦头；甜头没吃够，苦头也没尝足。所以，我总觉得还有奔头。"

"甜头？苦头？能不能具体谈谈？"

"主意是党委拿的，事情是大家干的，工作中碰碰磕磕是难免的。只要大家的出发点是为了团队建设，分歧总会消除，矛盾总能解决。工作干完了，大家都身心轻松，谁还去记那些不愉快！对啦，我们还及时提出了一些口号给大家敲警钟，防止不好的苗头酿成大祸。比如：为了使党委成员在包括'枕边风'在内的闲言碎语面前不晕头转向，我们提出'要消除一条看不见的战线'，防止你信得过的人搬弄是非。我们还有一条警语：'注意一个敏感点，用人要出于公心。'这就是要提醒主要领导成员不要在使用干部上搞亲疏厚薄那一套。就这些。我所说的甜头、苦头正是由此得来的。"

"你们团长孙传章是位老同志，听说你们配合得很默契。你对这位'老高原'是否尊敬多于信任？"

"不全对。尊敬和信任是一致的，也是相互的。我们团长入伍时间比我长，在高原汽车部队工作的经验比我丰富，这是他的资本。但由于他并不保守，他的这些优势也成了我们这些后来者的一笔财富。因为我们的目标都是一致的。我对他愈是尊重，信任感也就愈强烈。"

"一次我带车队在青藏线上执勤，天空突变，下起了人雪，我们不能按时返回营区，临时住在了昆仑山中某兵站。老团长得知后连夜赶到山里去看望车队，并特地给我带了一件皮大衣。"

文义民显然还沉浸在往事的温暖中，久不吭声。

我问他：

"有没有挪挪窝离开基层的想法？比如往内地调调，或者到上级机关去工作？"

"没想过。我觉得还是在线上干工作痛快，在基层干工作痛快；干好了痛快，干错了也痛快。我不怕出力，年纪轻轻的，有的是汗水。我最腻味那种疙疙瘩瘩、斤斤计较的麻缠事情。我们这儿没有，可以说是一片净土。雪线是一片净土。"

一位中尉找文义民接长途电话，是沱沱河兵站打来的，说有一台车的水箱在途中坏了，请示怎么办。他接完电话，刚坐下，又有从纳赤台兵站打来的长途电话,还是车队的什么事情要他拍板,他出去了……

就在他来来回回接电话的当儿,我仔细打量了一下这位年轻的政委。

中等个头儿,胖墩墩的,显得浑身都是力气;高原的风把脸庞镀成了黑红色,双手格外粗壮、结实;绿军装已褪得呈灰白色了……我可以毫不夸张地说:这是从昆仑山敲下来的一个岩石人!只是有一点令我有些伤感,他不像39岁的人,面容有些苍老、憔悴。我当然是指外表了。难道青藏线人的成熟与苍老是同步增长的吗?

第二章　忍者为强

我去了一趟沱沱河兵站，那里海拔 4500 多米。与其说我是去深入生活，不如说是要让高山反应对我进行一次考验。

军事医学科学院的一位教授，向我提供了这样一个参照数：年龄的增长与高山反应的程度是成正比的。如果说年轻人中有高山反应的只占百分之二三十的话，那么 40 岁以上的人则可能占百分之七八十，甚至更多。

这使我想到了一个不容置疑的现实：我要写的这批领导者肯定是忍受着比年轻人多几倍甚至十几倍的高山病的折磨在高原上坚持工作的。有这样一个数字，使我一想起来心里就战栗：自 1985 年以来，兵站部因各种高山病夺去生命的团以上干部就有 15 人，他们的平均年龄只有 44 岁！那天当我到格尔木陵园去寻找这些"早去的黑发人"的墓堆时，我的心像灌了铅一样沉重。太遗憾了！这块墓地太大了，不规则的墓堆又多又乱，且多数墓前没有立碑，只有枯黄的沙棘、骆驼刺在寒风中悄然地摇摆着，一片死寂和荒凉。我实在难以找到他们的归宿地，只能含着泪水向他们三鞠躬，然后便告别了。

我终于"自投罗网",可恶的高山反应彻底把我撂倒在沱沱河兵站了。狼狈极了,除了还有微弱的呼吸外,身上的其他部位都仿佛不是我的了。脑袋疼得像要爆炸,所有关节都在发酸,不想吃任何东西,一直想吐,哪怕走几步路都觉得头重脚轻,直打趔趄……

也许是有了这次高山反应的切身感受,我对那些在青藏线上奋战的战友们的崇敬之情陡增三分!沱沱河兵站站长关茂福是以抽烟而闻名全线的。不要说全青藏线,就是在全国,如果要举行"抽烟大赛"的话,他也蛮有资格名列前茅!

我永远忘不了和关茂福见面时他留给我的那个印象:双腿盘起,坐在我面前的地上,手里夹一支烟闷抽,一句话也不说。那脸色极不正常,不仅仅是黑,而且泛着一种不多见的红,还有一种不常见的黄,我真说不上来这是心脏有了毛病还是肺有了毛病后在脸上的表露。但我总觉得他有病,而且还不是小病。他不说话,只是用眼角的余光扫着烟头上的灰烬。转眼一支烟便抽完了,他又点了一支……

这能叫"采访"吗?我主动打破了沉默,问他一天能抽几盒。他说:"没数过,反正三盒是打不住的。"我又问:"从什么时候开始抽上烟的?"他说:"说不准了,大概是上山后不久吧。那会儿刚到线上,好像到了外国一样感到不习惯,他妈的!高山反应把我折腾惨了,咬着牙也忍受不住。山上太寂寞,烦死人了!怎么办呢?于是,我想到了抽烟,用烟消愁,用烟解闷……"

这之后,站上的同志向我介绍了有关关站长的一些经历。他是

1979年从北京总后通信团主动要求上青藏线的。当时本来是要调他所在单位的另外一名同志上青藏线的。那人神经质，一听说青藏线上缺氧，待久了人活不长，就死拖着不肯来。关茂福一向看不惯这种人，便找到领导说："他不去我去！"就这样上来了。11年的时光他全是在昆仑山以上的地区工作，其中有六年是在海拔5400米的唐古拉山机务站度过的。他常对大家说，他是拍着胸脯上高原的，如果趴在线上不是太丢份了吗？说来也怪，自从他抽上烟以后，高山反应反而离他而去了，再也不存在不适应在高原上工作的问题了。但是，从此抽烟便成了甩不掉的黑影常伴他左右，而且越抽越凶，以致变成了嗜好。他可以不吃饭、不睡觉，但不能不抽烟。不久，他便有了咳嗽的毛病，白天咳嗽，夜里咳嗽，一边抽烟一边咳嗽。可他从没有想过要减烟、戒烟……

我又问他："你的身体怎么样？"

他说："自我感觉良好，没有什么不舒服的。"说着，就又点起一支烟抽了起来，没完没了地咳嗽着。我坐在一旁感到很难受。

另一个同志插话告诉我："别听站长瞎说，什么'自我感觉良好'？他有病，我们都这么认为。他从来不检查身体，也很少去看病。医生经常催他去检查身体，他说他不会有病的，检查那玩意儿干啥？不久前，兵站部派医疗队到线上给大家检查身体，他躲得远远的不肯露面。他就是这样，好像医生是他的天敌，他怕医生就像老鼠怕猫一样。他肯定是有病的……"

关茂福问："肯定？有什么凭证？"他狠狠地剜了人家一眼。

对方不再说话了。

我在沱沱河的那天夜里，因为高山反应睡不着，早晨6点钟就起床了。刚走出客房，我就看见值班室门口蹲着一个人，嘴边闪着一明一暗的火星。我想：准是关站长！听人说他每天都起得很早，一起床就干活，就抽烟。他的饭量很小，每天抽的烟要比吃的饭多得多。

就在头天夜里，站上的丁医生以沉痛的口吻告诉我：前几天关站长出现了血尿，尿出的血足足有碗那么大一摊！大家劝他到格尔木检查一下，他还是那句话："自我感觉良好。"当天夜里，他一直工作到两点钟。

各种名目繁多的高山病像枷锁一样套在青藏线人的脖子上，如果没有那种"我要活，我要干"的精神支撑着这些孱弱的躯体，他们随时都会倒在雪原上。我的脑海里留下了多少这样的形象，我终生敬重的这些形象！

镜头一：在西藏边境的聂拉木县境内，夜色沉沉，一盏喷灯吐着蓝色的、微弱的光焰。喷灯上放着小铝锅，锅里的面条在翻滚，却怎么也煮不熟。这儿平均海拔6200米，属喜马拉雅山系，水的沸点只有60度，食品都是半生不熟就下咽。

围着喷灯而坐的是兵站部副部长魏广坤、汽车某团副团长白信歧、汽车某团副政委李荣池。高山反应一点儿也不放过这些身经百战的老兵，应有的反应他们都有，一个个面容憔悴，显得疲惫不堪。

魏广坤："生也罢，熟也罢，咱们都得吃点儿，要不身体垮了怎么完成任务？"

白信歧舀了一茶缸稀饭，用自制的小木筷在缸里搅了搅，硬硬的米粒根本不与水相融。他把这缸稀饭递给副部长，又拿出了第二个茶缸……

原来，兵站部的三个汽车连队将要到这儿来执行任务。这是一条新路、险路，有"进来出不去"之说。三位领导便作为先遣队来探路。近半个月中，他们走走停停，停停走走，每段路都要亲自踏勘、丈量，发现有40公里的路面极窄极险，80处搁不下汽车的4个轮子。他们与当地军民联系，修宽、铺平了公路。

荒郊野岭，风吹日晒，再加上高山反应的折磨，把这三个老家伙折磨得像野人。

镜头二：他是管线团的营长，每天的活动范围就是上下唐古拉山的100公里地段。15年来天天如此。如果有一天脚板不在这山路上磨蹭，不见见分布在山中的战士，他就感到失去了什么，他就咽不下饭睡不好觉。说来也怪！高山症怕他，从不沾他的身，他可以大步流星地在山坡上追赶地鼠。终于有一天，也许是他上山后的第十个年头吧，他感到生活太单调、太枯燥，他很想见到妻子、儿子，做梦都想，可是他们在数千里外的四川，见不着；怀念二老双亲，可是两位老人已经谢世，咽气前他也不在他们身边；他想逛逛都市的夜景，可是唐古拉山上除了风雪，还是风雪……

他烦躁过，咒骂过，没有什么用；伴随他的依旧是可怕的孤独。于是他每天早起半个小时，跑步到江河源头的桥下，冲着白雪皑皑的山峰大声呼喊："我——爱——高——原！"一遍又一遍，一遍比一遍声音洪亮。他肆无忌惮地喊着，反正他的部属听不见，他们还在睡梦中。

每天这样呼喊过以后，他觉得心里很充实，日子也过得有意义了。不让他呼喊不行，因为他心里沉积的东西太多、太多了！

　　镜头三：青藏公路跨过5700米的唐古拉山后的第一站，便是安多泵站。泵站旁边的山坡上有一个新堆起的小坟头，那儿长眠着副指导员张明义不足两岁的儿子小龙。

　　兵站部有一条不成文的规定：来高原探亲的所有小孩，都不得到格尔木以上的地区去。因为前几年发生过好几起孩子被高山病夺去生命的悲惨事件。1990年春节前夕，张明义的爱人带着儿子从老家来到格尔木，住在招待所等候丈夫下山过团圆年。她几乎天天都打电话到安多，催丈夫快点下来，说儿子想爸爸都快想疯了！张明义何尝不想早一天见到妻子、儿子？可是他不得不在电话里如实地告诉她："春节期间站里没有干部，我恐怕暂时还下不来。"

　　她失望了。最失望的还是儿子小龙，他从离开家乡那天起，就一直念叨着要见爸爸呢！

　　她为儿子着想，顾不得许多了，就悄悄走出招待所，站在格尔木路口拦了辆汽车，带着小龙到了安多。

　　张明义自然抱怨妻子的莽撞，但是当他看到妻子那渴望见到丈夫、儿子渴求见到爸爸的眼神时，心头的气便消了不少。站上的战士也替她说话：

　　"副指导员，你也太没有人情味了。嫂子大老远跑来看你，难道就为了听你的一顿批评？再不要怨天怨地了，咱们大家欢欢喜喜地过年吧！"

　　张明义总算点了点头，他盼望着这个年能过得吉祥如意……

　　然而，可恶的高山反应还是向正在世界屋脊上过新年的小龙袭来！刚过了初一,他就发高烧,并不断地说着胡话。张明义夫妻俩仿佛预感到孩子要发生什么不测,赶紧找站上的医生给孩子打针,但打了针也没用,高烧根本不退。他们又张罗着要将孩子送到拉萨或格尔木去抢救,但已经来不及了……

第二天,小龙就永远地闭上了双眼。

妈妈抱着孩子的尸体不放,她不肯相信眼前发生的事是真的!她对着儿子的脸,一边哭泣一边说:"龙儿,你没有去,你没有去!你睡着了,妈妈等着你醒来,你一定会醒来的!"

她把儿子的尸体整整抱了三天,也不肯放下。站上的同志也跟着她哭了三天。

张明义的心像被甲虫咬着了一样疼痛,他既不相信小龙会永远离开自己,又害怕听见妻子以及站上同志们那悲怆的呼唤和哭声。他强忍着内心的痛苦,劝说大家要"节哀",要正常开展工作。谁也不听他的劝说,他只得拿上铁锹一个人到山上去给小龙挖墓穴……

这样的镜头还有很多,它们都留在我的脑海里,搅得我的心里没有一刻平静。

采访兵站部副部长包楚忠时,我的心情是很沉重的。兵站部范银瑞政委特地向我介绍过包楚忠的情况:心脏病、脑血管供血不足、高原性低血压……

他今年44岁,在兵站部领导班子中是最年轻的,去年才从管线团团长的位置走进了副部长的办公室。他要干想干的事情还很多,不少同事在他荣升副部长后羡慕地说:"铺在包楚忠面前的是一条彩虹路。可是他这一身病……"

"你是什么时候发现自己得了这么多病的？"

"今年4月。当时我跟着车队正在线上跑，那天到了藏北高原的那曲镇，突然觉得不行了，心口疼，喘不过气来，浑身乏力。一量血压，低压40，高压50，我当场就昏了过去！兵站立即采取了急救措施，才没使我倒下去。然后又把我送到西藏军区总医院抢救，病情总算控制住了……"

他还告诉我，这么多的病不可能是一天就得上的。特别是在高原这地方，任何一种高山病都会纠缠你几年、十几年，到最后变得表象化了，也难以医治了。他说，几年前他就感到身上常常不自在，只是一直未向别人说过罢了。

我对包楚忠的情况还是了解一些的。他参加了修建格拉地下输油管线工程的全过程。管线通过唐古拉山上下100公里地段的工程就是他担任副营长时完成的。他是总指挥，为"油龙"跨越世界屋脊立下了汗马功劳。此刻，我坐在他这间并不算宽敞的办公室里，像走进了一个波澜壮阔的历史空间。

1080公里的"油龙"仿佛就盘绕在这间屋里。不！整个管线的设计全长并不是1080公里，而是1076公里；多出的这4公里是包楚忠用脚一步一步丈量出来的！

那是1976年3月，管线施工进入最后一道工序：试压，埋桩。就是从管线的起点昆仑山口至终点拉萨，要对全部的管线进行试压，即最后的验收，然后封沟埋桩。这项工作的艰巨性表现在两个方面：一是不能坐车，必须步行；二是要进行超负荷的手工劳动。无疑，又一场硬仗摆在施工部队面前！

包楚忠站出来挑起了这副重担。

当时,在格尔木22医院工作的他的爱人毛玲,再有半年就要生孩子了。这之前,两人已商量好,他陪爱人回老家江苏待产。基地指挥部的洪司令员得知这个情况后,当面对包楚忠许诺:试压工作过了唐古拉山以后,让他和爱人一起回家。这时占据包楚忠心头的已经是输油管线了,回家的事他没有更多地去考虑,只向爱人简单地说明了情况,就带领着试压队上线了。

这是一件多么细致、繁杂而又原始的操作!每80公里为一个工作段,采用往管线里面塞球的办法,然后再打进高压气来判断管子的密封程度。有时,球进入管线打不出来,他们只好将耳朵贴在管子上,一段一段地探听。事后,包楚忠开玩笑地说:"我的耳朵都快要在管线上磨出厚茧子了。"埋桩的任务也不轻松,每公里一个桩,全靠用皮尺一点一点地丈量。管线从河里穿过,包楚忠就和大家一起下河;管线从山顶上跨过,他们就一起攀登高山。

有一次,他们干完活已是晚上8点,没有车回宿营地了,几个人只好站在路边拦车。一辆又一辆汽车从面前驶过,就是拦不下。眼看夜幕越来越浓重,他们心急如焚,没有任何办法。就在这时,一辆地方车停下来加水,包楚忠忙走上前叫了声"老师傅",好话说了几箩筐,司机耷拉着眼皮理也不理,最后不耐烦地一挥手,开起车来颠了。无奈,包楚忠和同志们只好步行回营地。可以想象得出,在海拔5000多米的雪地上已经干了一天重活的人,又要步行近50里路,该会是怎样一种情景!回到驻地已是夜里12点多了,包楚忠正要铺床睡觉,忽然发现刚才那位地方车的司机恰好在他们的宿营地借宿,几个战士正说说笑笑地给他烧火做饭呢!

包楚忠心里的气不打一处来，他走上去还没来得及说什么，那人就赶忙站起来，耷拉着脑袋，摆出一副听候受审的可怜相。包楚忠强压着心头的怒火，只说了一句："你呀，你今晚吃了我们的饭，应该说说有些什么感想！"

那人始终没说一句话，可想而知：他那顿饭是吃得多别扭。

10月底，试压工作顺利地通过了唐古拉山。这时洪司令员赶到唐古拉山，对包楚忠说："小包呀，我以前说的话不能算数了。国家要求管线必须在年底前通油，我们要突击完成收尾工程，你还得坚持把试压工作搞到拉萨。只好先让毛玲一个人回老家，她的思想工作由我去做。"

司令员亲自打电话到医院，安排毛玲回家的事。这下可苦了毛玲，她等了丈夫半年多，现在还得只身一人回家。更要命的是，离临产只剩下十来天了。当她匆匆忙忙地赶回家的第五天，孩子就出生了，家里人说："你没把娃娃生在火车上就够好了！"

年底，包楚忠完成任务，到了拉萨。

这时候，他们丈量出来的管线的总长度为1080公里，比设计图纸上的数字多了4公里。包楚忠脸上浮现出一种抑制不住的笑容，同时他也感到浑身乏力，头也昏昏沉沉的……

采访结束前，我问他："现在身体弄成这个样子，你打算怎么办？"

他望望我，仿佛没有考虑就回答说：

"怎么办，我也说不清楚。在高原上工作的，哪个人身上不带着几种病！我才44岁。"

是的，他的病是气候恶劣、严重缺氧的青藏线对他的必然"馈赠"。他呢,还必须以忍耐的精神给这条线继续奉献。他已经在雪线上走了18年了!

我想起了一首似诗不是诗、像歌不是歌的顺口溜,悲悲凄凄,朦朦胧胧,怪揪人心的:

"一言难尽,二目无神,三餐不思,四肢无力,五脏翻腾,六神无主,七上八下,久久难眠,十分难受。"

高山反应就是这种滋味,每一个青藏线人都尝过它。

第三章　冰下热泉

那天，我们的汽车刚驶进格尔木市的转盘路，一块木牌上的数字就明确地告诉我们：这儿的海拔是2800米。同车的一位伙伴高兴地感叹道："我们上山了！"

其实，格尔木根本不算山。几乎所有的青藏线人都这么认为。在他们的眼里，这个严格说来是个戈壁小镇的格尔木，是比八百里秦川还要坦荡的平川，是比内地那些省会还要繁华的"小上海"。他们心目中的山是指昆仑山，那儿的海拔5000米；是指唐古拉山，那儿的海拔6000多米；是指喜马拉雅山，那儿的海拔7000多米。青藏线人有与众不同的对山的理解，自然也有与众不同的对山的感情。

一位团长这样对我说：

"在线上待的时间长了，一旦回到格尔木，看见那些树呀水呀楼房呀，心里那个美劲儿真难以形容，巴不得像抱着儿子似的亲亲它们。我想，这大概就像你们北京人在外出差时间长了，重新踏上长安街一样。可是，说来也怪，如果在格尔木待久了，心头又感到很寂寞很枯燥,像丢了魂儿一样,天天盼着上山!"

"这是为什么呢?"我问。

他回答:"军营在山上,我们的战士在山上。带兵的人不能离开部队,不能心安理得地待在'小上海'呀!"

"可是,格尔木毕竟是你们的家,你们的妻子儿女都在那里呀!"

"青藏线人的家应该在线上,连我们的妻子儿女都这样说。"

我仍然有点儿难以接受。线上的风雪咬人肉,线上的氧气"定量"供应,青藏线曾经吞噬过多少人的生命!可他们还是那样爱山,将感情的琼浆泼洒在线上!

我想起了格尔木大站站长马尚武。在青藏线上也许他是一个很平凡的人,但他的工作性质决定了他和战士们有那么多的故事。

老马是兵站工作的"总管家",管着东线、中线和北线的所有兵站。我这次一回到青藏线,汽车部队的同志就告诉我:近年来沿线兵站的住宿、伙食状况大有改观。就说吃饭吧,各个兵站都有自己的"风味饭菜":纳赤台兵站的砂锅豆腐,五道梁兵站的煎饼,沱沱河兵站的烤饼,还有唐古拉山兵站的面条,都已经闻名高原了。住宿情况从1990年起也有了明显的变化,汽车兵再也不用带着沉重的铺盖上线了,每个兵站都实现了"旅馆化"。沱沱河兵站三层楼顶上那四个鲜亮的红字:源头宾馆,非常引人注目,几里地以外就可以一览无余。

我采访马尚武那天——6月7日,正好是他的42岁生日。既然赶上了,我就请他谈谈生日的感想。

他说,他在山上待了22年,虽然调来调去,却总也没有离开兵站工作的岗位。这22年中,除了一次到北京参加总后党代会外,再也没有出过潼关；绝大部分时间都是在日月山、唐古拉山、当金山之间的公路上打发掉的。

这样的生活肯定是很枯燥的，我想。

他不再往下说了，两个粗壮的指头捏着一支烟，不住地捻着、捻着，仿佛要从中捻出什么名堂来似的。

烟点着了，他美美地吸了一口，吐出一缕缕烟雾。他以十分喜悦的语气告诉我：唐古拉山兵站有了温泉浴池，去年修的，严冬里水温也有60度。

接着他说出了一个数字：200。最多的时候一天有200名战士在山上洗澡！

我顿觉浑身清爽！这200名战士把浑身的疲劳都洗掉，留在世界屋脊上了。

后来，我来到沿途的兵站，采访到了许多有关马站长的故事。

老马有个习惯：下到兵站后第一个要去的地方便是食堂和客房，看看过往部队的吃住称心不称心。如果这两件事在他眼里"不及格"，你即使是条泥鳅也休想滑过去！

第一个故事：从5度到15度。

他一走进唐古拉山兵站的客房，就感到浑身上下都灌进了冷风。不对呀！这怎么能住人，他一看墙上的温度计：不足5度。大站规定，客房温度不得低于15度，却让他们给"偷"去了10度！

他把兵站的两个头头叫来质问："在零下三四十度的寒冬里，如果让你们的儿子在结冰的房里过夜，你们会怎么想呢？"

俩人支支吾吾地回答不上来。原来是锅炉出了毛病。

马尚武来到锅炉房，只见两台锅炉只有一台烧着。便问："另一台呢?"

他们回答:"坏了,修不好。"

老马提高嗓门说:"你们修不好为什么不找我?我要是连一台坏了的锅炉都弄不好,我这个站长还当个什么劲儿?"

大站后勤处处长袁海珠连夜被请上了山,还带着两个修理工。锅炉很快就修好了。

客房的温度恢复到了15度。这是马尚武用胸膛暖出来的15度呀!

第二个故事:"怪味"稀饭。

老马在沱沱河兵站就餐,端起碗喝了一口稀饭,感到甜丝丝、苦津津的,怪味!他用筷子一搅,碗里翻上来几瓣橘子。明白了,他们是在用咸水煮饭,为了压住苦味,就拿橘子罐头打"马虎眼"哩!

原来,沱沱河兵站没有淡水,吃水得到150里外的雁石坪去拉。一台车从早到晚来回跑,也满足不了过往部队的用水需求。如果再遇上车子出故障或司机生病,断了淡水,站上便只好用当地的咸水做饭。今天这顿橘子罐头稀饭使马尚武的心里苦涩了好久,也发现了坐在格尔木大楼里根本不可能发现的问题。自己偶尔吃一顿又苦又甜的饭无所谓,如果拿这种"糖衣稀饭"经常去糊弄过往部队,就是一个不能容忍的问题了。他想,单方面地责备沱沱河兵站是不公平的,大站也有责任。马尚武回到机关后不久,大站就给沱沱河兵站增加了一台拉水车,还配备了一名技术熟练的司机。

在青藏线上,军官对士兵的爱像昆仑山一样深沉。这里有千年不化的"永冻层",而永冻层下有喷涌的热泉。

我结识了一位团长，了解到他的许多爱兵故事，在这里随便说两个吧。

长江源头是永冻层地带，地形复杂，常常裂缝，盖起的营房经常由于地壳陷裂而倒塌。所以部队只能住帐篷，即使到了隆冬，战士们也只能在帐篷里苦捱。不光冷，而且风沙很大，一刮起来，满帐篷都是沙子。战士们只好用枕巾蒙着脸睡觉，第二天起床后，枕巾上的沙子足有一指厚！在部队住帐篷的长达两年的时间里，团长、政委和参谋长、主任以及后勤处长，轮流来到这个"帐篷军营"里和大家实行"五同"。这些年龄比战士们大一倍还多的老兵，常常被极寒和高山反应折腾得头疼，四肢无力，但是他们仍然坚持和战士们生活在一起。团长说："我们不忍心把战士们扔在这里，自己去住大楼。"尤其叫战士们永生难忘的是：1988年夏天，总后刘安元政委在视察青藏线时特地来到这里，走进每一顶帐篷看望战士们，和大家一一握手，最后还和全体同志在帐篷前合影留念。刘政委临走前为部队题词："赤诚奉献"。战士们很自豪地说："连老将军都来过我们的'帐篷军营'！"

一次，一个战士在唐古拉山施工时，因高山反应得了肺水肿，昏昏沉沉。团长便让出自己的车，送他到格尔木去住院。临行前，团长紧握着战士的手，说："你不要紧的，咱们在格尔木见。"之后，他便乘坐大卡车下山了。谁知，刚走出100公里，到了雁石坪时，噩耗就传来了：那个战士死了！他匆匆赶去，看着战士早已闭上的双眼，拉着战士的手，失声痛哭，说："你怎么能走呢？不是说好了咱们在格尔木见面吗？我这个团长没当好，没有救活你……"

这件事已经过去好些年了，这次这位团长给我讲起时还止不住地流着伤心的眼泪。我相信这眼泪是真的,这感情是真的,这里的一切都是真的,残酷、冷漠的环境是真的,在这种环境里人与人之间纯朴、无私的感情也是真的!

在高原采访中,我临时动议,想换个视角,让基层的同志说说他们的领导。

下面有关范银瑞政委的故事,是一位宣传干事提供的。他说:

"我记得是从1986年前后开始吧,我们兵站部和所属各单位的领导们形成了这样一个不成文的'家规':春节期间到线上去看望指战员,和基层的同志一起过团圆年。你们大概想象不出,我们这些远离家乡、远离父母的战士们在冰冷的雪线上过年是多么难熬啊!这时候如果领导干部出现在线上,雪山就多一分人情,战士们就少一分忧愁。我们的范政委今年春节前夕,给老伴提出他俩一起到线上和大家过年,开始老伴还有点儿顾虑,一是感到自己一个家属上线合适吗?二是觉得自己也有儿有女,平时他们东一个西一个各有各的事,难得有个团聚的机会,好不容易等来个春节可以坐在一起了,自己却要上线,孩子们会咋想呢?范政委的'思想发动'蛮有攻势,他告诉老伴,春节期间山上的战士们缺少文化娱乐活动,看场电影都很困难,他们太寂寞了,咱们上去和他们包包饺子,聊聊家常,大家欢迎着呢!这样老伴也就顾不得那么多了,欣然答应上山。

"春节的前两天,范政委和老伴从西宁出发了。这时候内地春节的气氛早就浓浓的了,可青藏线上比平时显得更冷清更空旷。这大概是正常现象,内地越是热闹,就越是映衬出这里的荒凉。这两个特殊的客人自然给青藏线增添了意外的亲切气氛。他们在每个兵站、泵站、机务站都停留了一阵儿,给指战员们拜年、问好。除夕夜,他们是在唐古拉山以南的安多兵站和大家一起辞旧迎新的。大年初一,他们来到了青藏公路的制高点——唐古拉山'三站',和指战员们一起迎来了新年的第一天。同志们忘不了范政委发表的那篇充满激情的新年祝词,他希望大家把脚下的世界屋脊作为新的起点,更上一层楼。他说:'咱们生活在世界海拔最高的军营里,这是一个让多少人羡慕的地方!我想,我们只有在新的一年里干出最出色的成绩来,才不会辜负这个崇高的地域称呼。'同志们对于他的讲话报以热烈的掌声。

"初一下午,范政委和老伴告别了积雪半尺深的唐古拉山,返回格尔木。路上他几次让司机把车开快点。哦,他一定想起了自己的家,孩子们还等着爸爸妈妈过年哩!"

讲到这里,这位宣传干事停了停,望了我一眼,说:

"在内地的军营里,如果一个军长、师长带着夫人下部队,那是要遭到指战员们嘲弄的。可是在青藏线上,范政委和老伴不管出现在哪个军营,指战员们都对他们报以长久的、发自内心的掌声!"

接着范政委的故事,我还要补充一件事。也是春节的除夕之夜,在昆仑山顶有一辆北京吉普抛锚了,年轻的司机钻上爬下地修了近一个小时,急得满头淌汗,却怎么也修不好。这辆车上坐着管线团团长姚太平,他本来是去给沿线泵站的指战员们拜年的,没料到车子行至昆仑山时出了状况……

除夕,昆仑深处夜沉沉。

我想,这阵子在唐古拉山顶的温泉浴池里,想必有战士正开心地击水、沐浴吧!

这个时候在这个地方泡一个温泉浴,那才叫惬意呢……

第四章 醉沉心底

踏上青藏线,我就听到了一个新鲜的名词:酒文化。

"酒文化"的专利属于兵站部副政委赵信。赵信这个名字很多人并不陌生,解放军出版社出版的长篇报告文学《昆仑英豪》,他是主编之一。这本书在青藏沿线颇有影响,我们所到之处都可以听到指战员们在议论它。它翔实而生动地记录了青藏沿线部队世代创业的艰辛和乐趣。赵信是从青藏线上土生土长起来的秀才。1959年入伍后,他在五道梁兵站拿了四年油枪,为数以千计的过往汽车加油。这四年中他所吃的苦,比他入伍前18年在甘肃临夏贫困山区所经受的艰难还要多。正因为这样,这四年成为他人生道路上成长的四块坚实的基石。前几年他又到华中师范大学学习了两年,攻下了大专文凭。赵信对谁都是这么讲:"没有青藏线,就没有我赵信。"

当我对"酒文化"这个词儿还是一种懵懵懂懂的猜想时,我只好去请教他。他笑了笑,说:"玩笑话。借题发挥!借题发挥!"

多番询问之后,他终于给我讲了"酒文化"的真实含意:"高原上的春节免不了寂寞,不少同志无处可去,无事可乐,便自己掏腰包买些酒聚在一起打扑克，输者喝一杯酒后要穿着新衣服钻桌子，地上泼着水，谁衣服上的泥水沾得多，谁就是最后输家，惹得同伴们哈哈一乐。他们要的就是这一乐。"

这就是"酒文化"，文雅的名称与"粗野"的动作相结合的产物。不必过于认真地推敲它的严谨性，我想只要它给青藏线人寂寞的春节增添了一丝欢乐，就应该给它记功。

我问赵信："你们兵站部的头头也参加这种'体力劳动'吗？"

耿兴华回答："如果你能在春节期间来到线上，就可以亲眼看见赵信喝着酒、唱着青海花儿钻桌子了。"

只能是春节，平时他们够忙的了，根本无暇有这份闲心。

后来，我才知道这些头头们钻桌子各有特色，各成一派，像赵信那种钻法属于说说唱唱钻，耿兴华是骂骂咧咧钻，范政委是痛痛快快钻，景主任是老老实实钻。当然，也有根本不喝不钻的，那就是后勤部部长黄偏头了。他在工作中原则性强，照章办事，这在兵站部是出了名的。即便是八小时之外的生活他也是很"正统"的，从来不抽烟，不喝酒，不看戏，不打扑克。赵信半开玩笑地跟我说："不抽烟，不喝酒，死了不如一条狗。"当时，黄部长就坐在我身边，他听了连笑都不笑，只摇了摇头。还有一个始终与钻桌游戏保持相当距离的人，那就是王根成部长，但是他有个与"酒文化"类似的理论："要长寿，抽烟喝酒吃肥肉。"

人类的一切文化娱乐活动只能在社会实践中产生。"酒文化"在青藏线上这种特殊的环境中应运而生，我觉得一点儿也不奇怪。青藏线人是很能喝酒的，对此我这次重返高原很有体会，即使到了昆仑深处的军营，你在吃饭时总能有一瓶酒摆在桌上。你如果不喝，那就不够朋友。朋友来了有好酒嘛。正是在青藏线上，我对"以酒消愁"这句话开始动摇，在我所接触到的高原人和酒的故事里总带有那么多开心的笑声。当然，欢笑后也难免留下几分苦涩……

这是一则流传很广的头号新闻：管线团的四个常委被一个从北京来的"毛丫头"灌倒了！

我来到管线团，问几位"团总"，是否有这样一个"悲剧"。他们没有否认，只是辩解。政委张玉道说："我们都很清醒，起码我们团长没有醉，他有过一口气喝30杯的纪录。"

团长姚太平的话就更表现出对那位"女酒仙"的不屑一顾：

"那个'毛丫头'太狡猾了，开始她拿着橘子水和我们干杯，谁也没有把她放在眼里，没想到后来她竟然拿起玻璃杯倒上白酒和我们较起真来啦，这时我们每人起码已下肚十杯八杯了……"

我还是听出点味儿来了，这伙平均年龄40岁出头的雪山男子汉没能防住一个"毛丫头"的进攻，他们是败下阵的。

张政委对我感叹："我是1985年到管线团代理政委的，考验了我一年才正式下命令。据我所知，这么长的考验期是少有的，都快烤煳了。团长是我们班子里的老大哥，46岁了，把26个春秋奉献给了青藏线！"

陈雷副政委提供了这样一个情况："1982年，张五道在汽车团当教导员，跟车队到西藏林芝运木料时，汽车翻沟，他的四根肋骨被砸伤，还有一根脱位。从此，他年年5月前后都要犯腰疼病，痛得直不起腰，他就捂着肚子弯着腰上下班，让人看了心酸。就是这样他还坚持到线上去，光去年深入线上的时间就有139天……"

张玉道打断了陈雷的话："1988年，总后给我立了三等功，还要怎么样？团长在青藏线上待的时间长，工作比我干得苦。去年，团里接受了给西藏输送'航煤'的任务，他强忍着胃疼在线上一个泵站一个泵站地检查工作。一次他累得胃出血，昏倒在地，被送到卫生队抢救，他一边打吊针一边手里还拿着电话指挥线上的输油工作……"

"吃饭了！"团长在隔壁大声喊着，他是在故意打断政委的话。

一桌丰盛的饭菜在迎候我们。那瓶清亮亮的五粮液显得格外惹眼。

我不会喝酒。和我同来的小杨也是"半瓶醋"，一杯酒下肚，脸就红得像鸡冠。我们都不行，甘拜下风。张、徐二位坚决不手软，说："来到管线团不喝酒，没门。"团长还说："你们不用担心犯错误，这酒是政委从家里带来的。"看来，二位"团总"非把我们灌醉不可。上次在"毛丫头"手下败的，这回要从我们身上赢回来。

也许，他们没有想到，这回他们真的醉了，我们倒很清醒。于是才有了下面张玉道酒后的一番话，才有了小杨的一番眼泪，才有了我们这次采访的一个意外收获。需要说明的是，张玉道的话是我和小杨的记录稿，未做任何加工、渲染。我们之所以把它公布于众，是因为我们认为，那天张玉道如果不喝酒，他是不会讲这么多话，也不会讲这些内容的。一个堂堂的团政委，平时往指战员面前一站，那种威严劲是可以想象得出来的。即使平时与同志们闲聊，该讲什么也是很有一番选择的。因为他知道自己的一言一行影响着一团人马。其实，政委也是青藏线人，也有他的心事、他的苦衷、他的私房话……人们想知道这些，但都无法知道。

从这个意义上讲，那瓶五粮液是打开张玉道心事之门的催化剂。

他躺靠在沙发上，滔滔不绝地说着……

"……别以为我张玉道只有一个儿子，不是的，我儿子不是独生子，他曾经有过一个哥哥，那是我的老大。当时，我在汽车团当教导员，儿子在老家要做手术，家里来信要我回去在手术单上签字。按说我爱人完全可以干这个事，可她见孩子病得厉害，一拿上手术单就吓得昏倒在地。我当时正在没日没夜地跟着车队在线上跑，哪能为签个字就回一趟家！没办法，我只好给我爱人单位写信求助，请他们的党委书记替我这个做父亲的为孩子签了字。可是，手术没成功，孩子死了！我爱人承受不了这沉重的打击，生病住进了医院。尽职尽责的医护人员怕她想不通寻了短见，派人白天黑夜地守护着。孩子病时我脱不开身，现在爱人住院了我仍然离不开青藏线！我再次求助地方政府，在我爱人的病情稍微见轻时，让他们派人把她送到蚌埠火车站，她一个人拖着虚弱的身子在火车上、汽车上颠簸了快一个星期才到部队。到部队的那天我在外出车，也没法去接她。后来，总算好了，她随军了，我们结束了两地生活，不久就有了第二个孩子。谁知，这娃娃的身体也不壮实，三天两头害病，也曾住院做过一次手术。你们说有意思吗？在手术单上签字的还不是我，而是我的爱人。她是闭着眼睛签的字呀，她不会忘记几年前的那个沉痛打击。我是被岳父招上门的女婿，本该尽儿子的义务的。我看这样评价我一点儿不过分：对老人，我是个无暇尽孝的儿子；对妻子，我是个欠了债的丈夫；对儿子，我是个不称职的父亲。青藏线人！青藏线人的精神负担有多重……"

他站了起来，很激动地用拳头砸着自己的膝盖。我分明看见他的眼里含着泪花。

坐在我身边的小杨哭了,泪汪汪地哭出了声,钢笔尖上流出的墨水把采访本污染了,他也没发现……

我呢,心里乱极了。我永远不认为张玉道讲的是醉话。我确定他没有喝多少酒。三杯酒怎能把这位雪山汉子灌醉!他心里有话,他要说,要说出来……

后来,我们采访了汽车某团团长刘祥元,我和小杨有了提防,就是不许摆酒。他们照办了。没想到,这也不灵,饭后刘团长也似醉非醉地给我们讲了许多话。我真弄不大明白,青藏线人的胸腔里到底贮存了多少苦楚!他们把北京来的客人当知己看待。

刘祥元说:

"今天上午,就是你们来前的两个小时,我还和连队的一位同志谈心,他的父亲去世了,家里有些困难,我们准备救济他一下。"

他停下来,好像在思考一个没有想成熟的问题。许久,他才接着说下去:

"失去亲人总是一件很痛苦的事,这点儿我的感受也许比别人深一点。在不到五年的时间里,我的儿子、爷爷、岳父、姐姐、父亲五位亲人相继去世,我都没有回家为他们送行。部队任务吃紧,不容我回家啊!为了不影响大家的情绪,我连一块黑纱都没戴。记得那是我父亲过世以后,我心里难受得好些天都平静不下来。父亲为了养育我们兄妹几个,一辈子历尽人间艰辛,现在离我而去,我越发地思念他老人家。活着时没有给他尽孝,死了总该表表当儿子的一点儿心意吧!于是,我找了一双白鞋穿上,按老家人的风俗这是为故去的人戴孝。我穿上白鞋一出门,有人就发现了,问:'团长,你怎么穿个白鞋?是不是家里有事啦?'我连忙说:'没有!没事!'

第二天就换下了这双白鞋……"

五位亲人离开了人世,表面还得若无其事。你以为团长就那么容易当吗?!

全团同志都不会忘记,正是团长(当时他还是参谋长)悲痛的时候,国务院下达了在拉萨实行戒严的紧急命令,他们团也要进藏执行紧急运输任务。刘祥元肩头的担子重呀!老团长要调去兵站部工作,政委因长期在高原苦斗身染高山病,头20天刚病故,副团长、副政委已决定转业。他抹去心头的痛苦,勇挑重担,没日没夜地忙着组织战勤运输工作,每个连队的出车动员工作都由他去做,然后一一送他们踏上征途。最后他也登车上路了,任现场指挥。在整整25天里,他是一份心思四处操、一根肠子八处挂,今日昆仑山,明日唐古拉山,一会儿拉萨,一会儿当雄。任务完成了,他也垮了,本来壮实的身子只剩下108斤了,血压有毛病了,肝也有了毛病……

医生说,这是累的,必须住院。

其实,医生只说对了一半。另一半,只有刘祥元自己最清楚:五位亲人相继去世,他心灵上的创伤能小吗?!过度的劳累,再加上精神上的痛苦,他的身体能不垮吗?!

在青藏线上,我们访问了数十名各级领导干部,使我奇怪的是好像他们每个人的心里都隐藏着一段不愿或不宜向人们公开的带泪的故事。这些肩上扛着两道杠、几颗星的军官们,原来心理负担也是那么沉!我想,战士可以向团长、营长倾吐心事,也应该允许团长、营长、连长同战士交心。大家不要仰视他们,要让他们回到群众中来。当知道了他们在感情上有了压抑而痛苦的时候,应该理解他们。因为他们也是人,也有父母妻室儿女,也有七情六欲……

我认识了在管线团队工作的总工程师姚志祥，41岁，从北京钢铁学院毕业。人们说起他对青藏线的贡献总要提及这样一个数字：从1979年以来，他画的图纸有2000多张，两辆解放牌汽车也载不完。依我看，两车图纸固然可观，但他的贡献更在于：一个知识分子以风雪严寒压不倒、山高缺氧拖不垮之势在世界屋脊上屹立了十多年，这个形象将鼓舞多少人啊！

好几个人告诉我，周围的人对这位总工程师有三个摸不透：一是他每年在线上的时间最长，哪一年也不少于200天，特别是遇到什么不顺心的事情时，他拿起包包就到线上去了；二是他至今还是夫妻两地生活，每年回内地休假，他几乎都是提前10天或半月回队；三是他经常坚持打扫公共厕所。一个年近半百的高级知识分子干这样的事格外惹人注目。有人曾经就这三个问题向他提问，希望他敞开心扉谈谈。他似乎对这样的谈话很不感兴趣，摇摇头转身就走了。我也觉得他是个怪人，这次见面后也提出了这个老问题。他倒没有回绝，说："很简单，在团里数我年龄大，是全团同志的老大哥，老大哥就该干出点老大哥该干的事情来。"看来，一些人们认为很神秘的事情，说穿了，点明了，其实很简单。

总工不会喝酒，但是爱喝酒，而且酒杯一沾嘴唇就醉，一醉就唱歌。那天我们一起就餐时，他主动提出摆酒，我怎么也推辞不掉，便答应小抿几口。果然，只喝了一杯老窖，他就离开席位手舞足蹈地唱了起来：

"北京的金山上光芒照四方，毛主席就是那金色的太阳，多么温暖，多么慈祥，把我们农奴的心儿照亮，我们迈步走在社会主义幸福的大道上……"

看来他并没有完全醉过去,一边唱一边"将"我和小杨的"军":"今年春节,兵站部范政委上山给官兵拜年,听了我唱的歌,一口气连干了八杯。你们是好样的,就应该举起杯子来……"

不会喝酒的我,也经不住他这么起哄,不得不拿起杯子连灌几下,很快便觉得头胀胀的,眼前的总工在旋转……

我总觉得在这位总工身上,似乎还潜藏着某种更深层的东西,我捉摸不透。这么说来,他周围的人对他的看法还是有道理的……

说实在的,这次回青藏线采访,我好像每时每刻都在醉蒙蒙中,好些事情难以琢磨。

我无论如何都想不到这个外表看来那么斯文、轻松的张安发,也有一段伤心的往事。我应该叫他小张,虽然他现在是格尔木大站的政委了。在我眼里他永远都是那个在《青海日报》发表诗歌的小张。我记得那年他加入青海作家协会时才25岁。后来,他当了兵站部宣传科科长,诗写得少了。再后来,他上昆仑山当了政委,就索性搁笔了。这次来到格尔木,我才知道在他荣升到昆仑山之前,还和爱人林芳有过一段小小的"较量"。小林在西宁一所中学任教,她当时对安发说,你这"官"当到科长这个份上也差不多到头了,我看咱求个安稳你就转业到地方算了。安发同意爱人的这个想法,因为在他的心里还有个小算盘:到了地方说不定还可以重新搞创作。可是,正在这当儿,组织决定让他上山工作,他便改变了主意,反过来给小林做工作。说那么多老同志在山上干了几十年都没有提出要下来,我怎么好意思见山而退呢!小林一想也对,就说,那好吧,我的心跟着你一起守护昆仑山。这是雪山儿女的话,张安发感到了爱情的温暖、幸福。

他进了昆仑山，只留下林芳一个女人管家。有一天张安发和妻子发生了矛盾，张安发在山上坐立不安。调皮的小儿子因为不听老师的话挨了几句批评，便跑了，三天没回家。林芳跑遍了西宁她认为所有该找的地方，就是不见儿子的面，急得她直哭。她一个长途电话拨到昆仑山找到张安发，不分青红皂白地问："你尽到了做父亲的责任吗？"

安发对我说："是的，我也知道我没有尽到做父亲的责任。可我有什么办法呢？我首先是大站的政委，而不是儿子的父亲。青藏线上的政委就得时时刻刻把昆仑山扛在肩上，放在心上……"

我的心受到了感动，"把昆仑山放在心上"，他这话太令我深思了。我似乎明白了点什么：难怪那么多的青藏线人都有那么多的心事，原来因为这沉重的昆仑山，昆仑山……

次日，我去唐古拉山采访。临行前，张安发给沿途兵站打了电话，特地交代了一件事：作家不喝酒，你们不要强人所难。

果然，没有一个兵站给我餐桌上摆酒。

我很满意，但又好像失去了点什么。

我发现这次青藏线之行，我似乎开始要喝酒了……

这是我蓄在心头已久的愿望：登上昆仑山看看日出。

6月下旬的一天黎明，我和朋友按约定的时间攀上了昆仑山的一座峰巅。令人扫兴的是：东方灰蒙蒙的一片，不见一点霞光。

我感到昆仑山突然变得那么低，正因为它太低，我看日出的愿望才未能实现。

这是我1990年重返青藏线时留下的一大憾事。

"咱们再往上攀，登上昆仑山的山脊。"朋友提议说。

"山脊？在哪儿？"我问。

"那不是吗？到处都有，有山就有山脊。站在昆仑山脊上看青藏风光，看青藏线人，肯定别是一番滋味在心头！"

于是，我们向山脊攀去……

死亡线上的生命里程

有勇气把骸骨留在世界屋脊上的人一定是好汉。

这尸骨，是从昆仑山凿下的一块庄严而强悍的硬石，为所有越过它的后来人作碑用。它是一块狂风吹不动的需要铁支架撑着的碑石。

1990年6月的一个闪烁着希望的清晨，我在昆仑山深处的一块山间平坝上写下了这些文字。此地掩埋着两个不知名的战士。1954年修建青藏公路时他们死于一场暴风雪。

岁月的风雨早已把那两个最初的坟堆荡平，由于后来经常有人培土加固，始终有两个凸现在郊野的土丘展现在山里。没有草，更无树，只有两个点缀着山石的野坟孤寂地躺着。

我特地登上旁边的山峰去俯视这坟时，发现它的高度没有了，变得像是紧贴在地面上的两张只有线条而没有棱角的平面图。与此同时，我又发现它更像两块人造的坚硬基石，托着整座昆仑山……

此时此刻，此情此景，我产生了强烈的创作欲……

第一章　哦！这就是青藏线

　　我刚从青藏线上深入生活后回京，衣服上还落着昆仑山的雪迹。我曾经在那里生活过七年。

　　我怀念洁白得凝重的雪山；我怀念冰冷得美丽的河流；我怀念寒流冻僵了牧草的帐圈……

　　这个夜晚，晴空嵌着银月，又鲜又亮，我总觉得它含有丰富的营养。我蘸着月光在北京西郊的书房里写作。

　　尽管我拿的是一支笔，但是我面对着大海。

　　灯下，我刚写下开头，突然有人敲门。一位记者来访。

　　"真不好意思来打扰你。我们准备发一篇有关青藏线的专访，可是谁也没有去过那地方，我费了好大的劲，才找到了你这个采访对象。"

　　他说着递上来一封介绍信，同时另一只手把微型录音机很利索地放在了我面前。

　　我真佩服有些记者，他们像水中的游鱼一样，石头缝里也能钻进去。从来都是我采访别人，现在冷不丁地冒出个记者坐在对面，要我接受采访。尴尬，实在尴尬。

　　我收起了笔，需要沉淀沉淀。就像我在创作之前必须苦苦构思一样，我要琢磨琢磨怎样使记者的采访画上一个满意的句号。叫别人失望总不是一件愉快的事。

　　记者说："最近一个时期，新闻媒体着了迷似的宣传一个对内地人来说十分陌生而又具有诱惑力的单位——青藏高原模范兵站部。真了不起，那些战士们在青藏线上默默无闻地干了35年！中国太大了，许多人都不知道还有这么一个地方，还有这么一群兵在那儿坚守。当然，生活中并不是每一个人都喜欢热热闹闹地活着，如果让谁十年、几十年悄没声地孤孤独独地去工作，还在别人不了解、自己不习惯的地方工作，这实在无异于受罪。青藏兵站部的万余名官兵却心甘情愿地耐得住这份寂寞，甘之如饴地受这种罪，令人佩服！"

　　他把录音机往我跟前挪了挪，又说了下去："恕我直言，本人孤陋寡闻，以前真不知道'青藏线'是何物，吃的还是用的？就我所知，我周围不少人像咀嚼着外国的一个地名一样猜测着青藏线可能会是个什么样儿。总之，那个地方太神秘了，人们对它的了解不是缺少而是处于无知。我今天来，就是想请你给我和我的读者谈谈青藏线。"

　　我笑了。凡人变得神奇是因为人们总是习惯从背影去猜度他的面容。青藏线的背影不仅太陌生而且可怕，难怪有人对它望而生畏，谈虎色变。

　　我告诉记者："很简单，青藏线就是世界屋脊上的三条线。地面露着一条，天上挂着一条，地下还藏着一条。"

"地面、天空、地下,有三条线?"记者的嘴张成了个"O"形,眼睛瞪得像镜头盖。

我必须不厌其烦地对这位甘当小学生的大记者进行启蒙教育——

"地上的线就是青藏公路,全长1937公里,零公里的里程碑挺立在西宁市西郊兵站部的门口,终点的里程碑埋在拉萨河谷,承担着百分之八十五的进藏物资的运输任务;天上的线是国防通信线,全长1680杆公里,担负着重要的国防通信任务;地下的线是格拉输油管线,起始于柴达木盆地的格尔木,终止于拉萨,全长1080公里,承担着百分之百的进藏油料的运输任务。"

他很认真地听着,吸收着。要不,他干吗仰着头像是在沉思什么似的!我收住话头,抬头望着窗外通往将军院的那条路,月色朦胧,平平荡荡的路面像镀了一层雾气。两个下岗的哨兵正目不斜视地正步走着,我仿佛看见他们胳膊上的肌肉隆起着。

我想到应做几件事:把银月摘下来挂在我书房;把这院落连同这条路挪到昆仑山的某个地方;把昆仑山变成中山公园里的一座假山……

都想些什么呀,高原和闹市要移位吗?我砸着自己的脑袋,笑了……

这时,我看到记者在自己的采访本上画了一座山、三条线。嗬,他把我的话图解了。

他继续提问:"我很想知道青藏线的艰苦程度到底是个什么样,比如说,好端端的人怎么到了那里就会死了呢?"

他把最后四个字咬得又重拖得又长,看来绕了半天弯,他的要害问题才托出来。我听着有点扎耳。

"也许你自己去一趟就能体会到。"我有点儿不悦。

"我肯定会去的。"他说，一点也不在乎我那句失礼的话，"现在我先想听听你的体会，你是老高原，你咽的苦多，爬的山多，而且你又是个作家。"

我和他谈话的兴趣全无。于是我递给他一份材料，那上面有介绍青藏线情况的文字。就算是我对他提问的回答吧！我不乐意和别人交谈时就用这个办法。我明显地感觉出来了，在这位记者的眼里作家都是"狰狞"的面目，就会夸张、虚构，就会说谎、骗人。他大概正是冲着这来找我的。

他的眼镜片几乎贴着纸面看着，很吃力。材料上的字收进了他的镜片：

"青藏线平均海拔 4000 米以上，唐古拉山平均海拔 6000 多米。这里高寒缺氧、气压低，年平均气温在零摄氏度以下，最冷的时候可达零下 40 多度。空气中的含氧量不足海平面的一半，水的沸点仅为 80 度左右……"

他把材料往桌子角上一推不看了，又恢复了刚才仰着头思考问题的姿势。然后，他慢慢地点燃一支烟，猛吸一口，嚼碎，咽下，用眼角夹了一下我，说：

"我想起了一个人，斯诺，他写过这样一段话：'当一个人来到高原寻找真实时，他可能不幸找到的是死亡。如果去的是十二人，回来的可能只有两人。'"

我一愣，斯诺？这位美国人也了解青藏线？可这方面的材料我翻阅了不老少，怎么就不知道斯诺还对青藏线有过评价？显然，这位美国人是夸大其词了，12人死掉10个？没有的事！我转而又一想，夸大自然是不可取的，但是引用这种夸大了的话的人比搞夸大的人走得还远。

看来，外国人，还有中国人，对青藏线的印象就两个字：死亡。

我陷入了深深的也是痛苦的沉思中……

那位记者是什么时候走的，我仿佛知道，又仿佛不知道。

我知道，他是带着遗憾走的，因为我并没有明了而形象地给他解释清楚青藏线。

我绝对不否认青藏线是"死亡地带"，在我所查找的资料记载中，不管是中国人还是外国人，都把青藏高原称为"生命禁区"。但是，我认为，对于无所畏惧地把生命献给高原的青藏线人的理解仅仅停留在"死亡"上，远远不够。死亡的内涵是什么，死者与生者有着怎样的心理历程，死亡与希望的关系如何，等等。需要我们探讨，需要我们揭示。春天来了，栽下一棵树；秋天到了，收一筐果子。难道人生就是这样单调而又丰富、平直而又忧郁？

那夜，我失眠了，老是琢磨着那位使我不感兴趣的记者的采访，还有我不大同意的斯诺的话。是的，青藏线人"死亡"的内涵是什么呢？

我的脑子里装上了许多问题，我热爱生活的欢乐，我不怕死的寂寞。可是，高原的夜为什么这样令人胆怯？我脑子里乱乱的……

死亡年复一年且又不可抗拒地笼罩在各个时代、各种领域。它是人生全过程的终点，每个人必须像完成生一样去完成自己仅有的一次死亡。

死亡现象如同生存一样代表着一种价值。

法国思想家蒙田说过："如果让我写一本书，我将会做一个记录各式死亡的登记簿，再加上我的评论。教会人们死亡的人也将教会他们活着。"

我在沉思……

需要破冰船，在死亡线开拓出生的里程。那些经历了的和听到的青藏线人与死亡搏斗，或战胜了死亡或被死亡所战胜的事情，像一团乱麻一样塞进了我的脑海里。我要把它们整理分组，就像编导在分离、组合镜头一样，使它们各就各位。

我在剪裁。睡意全无……

在这个浮躁而兴奋的京都之夜，我想起了世界屋脊上的傍晚。那里的夕阳又圆又大，任何地方的夕阳都无法与它相比。牧归的昆仑牧女抽了一个脆响的鞭花，对我说："高原在流血。"

我真佩服这少女丰富的想象力，她从夕阳想到了流血，那么鲜嫩的形象！

沙梁上漫淌的水珠犹如驼铃叮当……

我用心在剪裁……

镜头一：俘虏一个也没伤着，他却死了。

这是30年前的事了，它经常活生生地浮现在我眼前，绞着我的心。冥冥之中我还看见他睁着那双可怕的眼睛。

他匆匆忙忙死在青藏线上，没有来得及跟大家告别。18岁的年华对他该有多少吸引力，他肯定是十分不情愿地结束了自己的人生。

我和他是初中同学，同年入伍后又分到了同一个营的两个汽车连队。第一次出车我们被编在同一个车队，记得是他出车的头一天晚上，高原的月儿格外大，我们保养完车在车场上散步，他对我说："我已经一个多月没有给班主任老师写信了，执行任务太紧张，这两天说什么也要把这封信写了。"说罢他望了望天，"家乡的月儿有这么大吗？"我不知道怎么回答他，光笑。他没有来得及兑现自己这一生对老师的最后一个承诺，就走了。

当时是20世纪50年代末，我们在西北某地执行平息叛乱的运输任务，我俩都是副驾驶员。那天，车队运载着一批从战场上抓来的叛匪，行驶在高原上。在翻越巴颜喀拉山时，我们遇到了一伙骑着高头大马的叛匪，这些恶人看到车上拉的是他们的伙伴，一下子就急红了眼，像亡命之徒一样向车队涌来，拼命鸣枪。我记得很清楚，涌上来的骑兵队形呈扇状，犹如雷鸣电闪一般激烈……

我们的车队加速了马力飞驰！

在公路绕着山势转去的一个胳膊肘拐弯处，一辆车因速度太快而翻车——正是我那位同学坐的车，四轱辘朝天，油箱里的油飞溅得满地都是。

非常奇怪，一车俘虏全部扣进了大厢内，一个也没死，唯独我的同学丧生。

说来该他死，谁让他跳车呢？

他坐在驾驶室里，见车要翻了，一时不知怎么办才好，慌手慌脚地便跳了出去……

我们击退了叛匪的追击。

连长看着躺在路边的血肉模糊的尸体，悲痛地说：

"他是我接来的兵，才18岁啊！我们离开他家那天，他爹再三叮咛我：孩子从没出过十里外的远门，把他交给你了，我放心，我放心……"

连长再也说不下去了。

全连同志垂手站在公路上,我的心里涌着比别人更多的痛苦。今天心里为什么这样冷,是因为太阳藏起来了吗?

我是抱着满腔的憧憬上高原的。在中学课堂上我认识了青藏高原这块高地,我在脑海里把它描绘得像天国一样遥远而美丽。天国是什么,我不懂;青藏高原是什么,我也不知道。反正我想青藏高原就是天国,现在,我来到"天国"才几个月,它就吞噬了我同学的生命,谁晓得它今后会怎么惩罚我呢?

我明白了,现实生活中的青藏高原与我想象中的青藏高原并不完全是一回事。我哪里会想到它会吃人呢?我的同学死了。我不相信在死亡中保存的人的价值会更长久。

全连同志都在哭死去的战友,但是,听不到哭声。

镜头二:一位哲人说数字是驳不倒的。

不过,我还要说:数字是痛苦的。

当然,这不是普遍真理了。但是,在青藏线上确实如此。

1987年《解放军报》的内参反映了如下情况:

"长期在青藏线缺氧地区工作的部队干部和战士的身体素质明显下降。最近,该部对驻守在4200米以上的3334人次干部和战士进行查体,血压异常的占57.8%,心脏阳性体征的占59%,心电图异常的占64%,高山多血质的占72%,心脏异常的占37%,五官有一项异常改变者占53%。"

我在兵站部的一份材料上还看到下面的两个情况,可以说是对军报内参反映的这组数字的诠释。

——1988 年，格尔木大站对日月山到唐古拉山之间的几个兵站的官兵进行单项查体，发现百分之百的人血色素增高，普遍高达 25 克以上，有的甚至达到 28 克。据医生讲，达到 28 克时，人的血液就会凝固。

——1988 年，拉萨大站对唐古拉山以南到拉萨河谷一线驻在 5000 米高处的 23 名官兵进行查体，发现有 21 人患高山性心脏病，有 20 人嘴唇发紫干裂，指甲严重凹陷。

这份材料记载着高原军人饱受病痛折磨的遭遇。

高原上肆虐着拔地而起的风暴，风暴中还夹杂着冰雹。

大地是我们的母亲，母亲为什么总在沉默？儿女为什么比母亲还沉默？

1990 年 8 月 21 日，青藏兵站部政治部副主任郭东志在总后勤部给驻京部队作报告时，他激动得流着眼泪念了这样一个数字：

"35 年来，为了拓线、建线，青藏线上的部队有 600 多名同志献出了宝贵的生命。许多同志在弥留之际，顾不得交代个人后事，还念念不忘青藏线部队建设，留下的是对革命事业的深深眷恋。"

礼堂里 2000 多名听众，屏住呼吸听着。

不知道时是痛苦，知道了也是痛苦。

我想到，这 600 名死亡名单里有我的同学；我还想到，许许多多亡人的父母妻子听到这个"600"定会像当初接到死亡通知书一样寒心！

"生之所以是悲哀的，就因为生命是一种痛苦的挣扎。"

这话，我不敢苟同。600 名壮士用自己的热血和冷雪凝固而成的深情溢满世界屋脊!

镜头三:方向盘把他送到了另一个世界。

一辆军用汽车栽进路边的坑里,翻了,屁股高高地撅起。这里的一切仿佛都凝固了,连空气也似乎结成了冰。

驾驶员受重伤,坐在大厢里的两个乘车人当场毙命。

这是头天晚上出的事,死者的脸色铁青,让人觉得这是周身的血全涌到脸上后凝滞形成的。

驾驶室完全变形,司机被紧紧地卡在方向盘和靠背中间,他每隔一会儿就要挣扎一下,脚也蹬,手也晃,但是没有任何用。现在在他身上即使搁几根鸡毛他也无力推开了,何况这是一辆装载着几吨重货物的大车!

难以理解的是,从翻车到现在至少有十几个小时了,应该说路上来往经过的汽车不会太少,为什么没有人施救?陌路人呀陌路人!

公路上很静,静得让人感觉有点空无一切。

我是在去唐古拉山的路上遇到这个事故的。我十分纳闷,这里没山没沟,仅仅就有翻车处那么一个刚刚可以搁下一辆车的、养路工刨沙子时刨出来的坑,这位司机怎么就瞄得那么准,不偏不斜地把车扣了进去?

他是载着一车紧急军用物资赶往边疆的,三天三夜未合眼了,行至此地时因为打盹而翻车。

又过了三个小时,他所在的部队才派人赶来,这时司机已经连挣扎着蠕动的那点儿力气都没有了。

方向盘紧紧地卡着他,把他送到了另一个世界。

方向盘……

我想起了临出发前在兵站部机关看到的一份材料上,介绍了所属几个汽车团的亡人事故情况:

20世纪五六十年代平均每年死亡30人左右;70年代到80年代初平均每年死亡20人左右;1984年和1985年平均每年死亡8人……

又是数字,痛苦的数字。

地球不会毁灭。

昆仑山顶有一棵树。

镜头四:鬼都不去的地方人才来。

在唐古拉山某兵站的工地上,零零落落的施工人员以及恶劣的施工环境,使人难以预测长江源头的第一栋楼何时才可以矗起。施工队是从内地来的,哪个省都有,一半以上的民工有高山反应。开工后没几天,两位民工就患了高山肺水肿,山中没有医院,兵站上的一个医生带着卫生员尽力抢救,也不见病情好转。他们正要把病人送到格尔木22医院时,病人猝死。从发病到死亡不足5个小时。可是从这里到格尔木,汽车开足了马力行驶也得整整一天。

整个唐古拉山都笼罩在死一般的寂静之中。当然,这只是一瞬间,很快民工们就明白过来了,炸窝了!他们迅速地卷起铺盖,歪歪斜斜地跑到路上,手里摇着几张"大团结",拦住便车下山了。不到两个小时,工地上空空如也。唐古拉山又变得死一般寂静。

兵站派出汽车去追民工,一个人也没追上。不是追他们回来做工，而是给他们付工钱。

工钱不要，保命第一。

临走前，民工留下一句话："这地方鬼都不来，我们受骗了！"

两个月后，唐古拉山工地上又涌满了从内地来的工人，这里面就有第一次跑下山的人。据说他们下山后一想，不行，工钱还得要。又上来了，工钱领了，人也留下了。

下面是我和一个重返唐古拉山的民工的对话。

"不是说这里是鬼都不来的地方吗？"

"鬼不来的地方人才来嘛！"

"在这儿干活危险吧？"

"危险？死人哩！"

"那你为什么还要一而再地上山？"

他看了看和我一起上山的、正闷着头抽烟的一个同志，反问我：

"抽烟对身体有什么好处？"

"百害而无一利。"

"那为什么总有人抽得有滋有味？戒烟令下过多少次了，管屁用！"

这是狡辩。但是，我无言以对。

他感叹一声：

"人呀，就是活得这样怪。"

说毕，他醉酒一般，身子歪歪斜斜地向山中撞去……

唐古拉山巅的积雪还是老样子，迟迟不肯融化。它似乎把春天忘记了。

镜头五：小茶花的坟堆呢？

这座小坟堆出现在昆仑山上，增加了昆仑山的巍峨。

坟头没有草。这儿的土质不宜长草，躺在大山怀里的这位小主人永远也享受不到小草给她的阴凉。她该有多么干渴！

她叫小茶花，年仅四岁。

那年，她跟着妈妈上高原来看望爸爸，爸爸在海拔4600米的昆仑山泵站工作。妈妈想见到爸爸的心都快要蹦出胸膛了，她巴不得汽车变成飞船飞到昆仑山。小茶花比妈妈的心还急，她告诉妈妈，见了爸爸她一定要一直抱着爸爸，还要给爸爸唱上一支歌。

可是，她的歌还未出唇，就留在了去昆仑山的路上。她得了高山肺水肿，死在了妈妈的怀里……

小茶花过早地凋谢了！春风送来一条雪白的纱巾，缠绕在昆仑山的胸前。

她走得太匆忙了，难道是因为她见爸爸的心太急切了吗？

也怪，有一年春天，昆仑人分明看见小茶花的坟头长起了小草。就这一次，以后再也没有见过她的坟头长草。

那是她睁了一次眼，想看看外面的世界，她想看的东西太多了，对一个四岁的娃儿来说。

我来到昆仑山想寻找小茶花的坟堆，什么也没有看到，坟堆在哪里？

当地人告诉我，那坟堆早已融进了泥土，与大地变得一样溜平。

是风吹平的，是太阳晒平的，还是昆仑雪压平的？

回答：是小茶花自己走掉的。她说：高原人的心理负担已经够沉了，我不愿意再给他们增加哪怕一丝一毫的忧郁了。

小茶花的坟堆走了,是自己走的,它只把小茶花的故事留在了青藏线上。

我不相信昆仑山里埋葬着一个四岁女孩,我问苍天:还没有成熟怎么就去摘果?

镜头六:一个记者的车轱辘之舌。

他是个记者,有点阴阳怪气。嘴是圆的,还是扁的?谁也说不清。反正说什么都随他了。

青藏线上见过此公的人不少,他们说,这个记者令人琢磨不透。

其实,我从来都不认为世上所有的人、事都能琢磨透。黑色的牡丹,你见过吗?但确实有。

他是在准备采访来自青藏高原的一位战士时表现出了理智与情感的黑白颠倒。那天,这个战士在首都某单位做事迹报告,给听众吐露了自己为什么要在唐古拉山扎根 15 年的故事。听完报告,记者忽然改变初衷,报道不搞了,理由是:他们在山上吃了不少苦,这是事实,令人起敬。但是,他们拿的钱多,付出的多,回报的也多,心理是平衡的。

言外之意是:高原战士是靠钱在世界屋脊上支撑着。

他的论点、论据全是错误的。钱果真有这么神奇的力量吗?

请听青藏线人的回答。

一位终年在雪线上跑车的驾驶员说:"地方司机从格尔木到拉萨执行一趟任务,可以拿到 100 元甚至几百元的报酬,而我们跑一趟拉萨只能得到十几元的伙食补助。下一顿馆子还不够呢!"

另一个在兵站当炊事员的战士说:"钱多?再多的钱能买来一

颗健康的心脏吗？"

我非常赞赏这个回答，他怎么说出了这么绝妙的警句！但我可以肯定，他的本意不是用这句话呛人。

也很巧，不久这位记者上了青藏线，大概他要亲眼见识一下钱的威力吧！

不幸的是，他从进昆仑山口起就有高山反应，吃饭不香，睡觉不宁，脑子里像装上了一台小型发动机一样不得平静，迫不得已当夜返回格尔木。

在山上高反时，兵站的同志因不明他身份，对他的招待稍有怠慢，为此他像牦牛一样发怒了：我回去要到总政治部去告你们。

回京后，不知何故他始终未去告状。有人问他此次高原之行有何感受，他只道出一句：

"那地方不是人待的，一月给老子500元我也不干。"

他是坐在沙发上舒舒服服又愤愤不平地说这话的。

珍爱我们的生命吧，所有生命万岁，包括这位记者在内。

……

一位记者来访，向我提问什么是青藏线，引发我的感慨，竟写了这么多生生死死的镜头。

静夜。

书房外庭院里杨树的叶子被微风碰得沙沙低语，仿佛提醒我：夜已很深，你该休息。

我停笔，从头看了看所剪裁的分镜头，心儿竟然变得很沉重，难道这就是我一直爱着恋着向人们自豪地宣扬着的青藏高原吗？

难道我的心掉进了斯诺设置的那个"套套"里？12个人死去

了 10 个……

未必。我虽涉世不深但也是在风雨中走了几十年的老高原，别人的一句话就那么容易使我信服吗？我有自己的主见，尤其对青藏线，那是我心中的线，我七年的命运紧紧地和它缠绕在一起。思了再想，想了又思，我才写下这些镜头，正是把我心中真实的青藏线展示给未去过那里的人们。我之所以常常以青藏线人自豪，就因为我是从不少战友的尸骸里走出来的，我有责任宣传他们的豪气和胸怀。

青藏线原本就是这样！

我在这里总是谈死，恰恰说明我生的意识特强。"为了复活，必须先有死亡。"果戈理的名言。

因此，我必须郑重地告诉我的读者：尽管青藏线吞噬了那么多战士的生命，但是青藏线人是含笑而死的——这一点你们从我后面的叙述中会感受到的……他们的品德，他们的勇气，他们的情操，正是在这生死抉择中表现出来的！

就像火山不会变成雪山一样，雪山也不会变成火山。高原冰冻层下埋的不是兵马俑，而是西部军人的豪壮。

茫茫的风雪里掩埋着永生的大路！

我走出书房，在庭院里散步，这是我写作中最常用的休息方式。夜风儿拂着我的脸，那风是从高原吹来的，风就是帆。今晚，我觉得天上的月儿除了又亮又鲜外，还感到它硬硬的，像一块硬硬的黄铜。

月儿呀，那是谁给你揉进了勇敢多情的韵律……

第二章　线魂

诗人臧克家说：有的人死了，他还活着。

我起初总觉得这事太难，死了就死了，还要叫别人感到活着，这实在是一件没有比这更高不可攀的事情了。

死人要叫别人感到他还是活人，确实太难！

我万没有想到事情也有例外。

我来到青藏线以后，这种常规的感觉在一种强烈气氛的感染下似乎逐渐地消失了。这里经常发生死人的事，因车祸、因高山病、因其他意想不到的原因……有一股不可抗拒的力量使我感觉，在高原上，死者和生者之间是那样的不可分离，死者对活着的人是那么的需要，而活着的人对死者的情感似乎因为其去世而猛增。许多青藏线人都是在没有任何思想准备的情况下走完了自己的生命里程。他们在告别这个世界时连一句遗言都没有留下，但是他们的音容笑貌以及他们的期望都包容在了青藏线精神里。

"青藏线精神"是西部军人人格的最高概括，它是唐古拉山山巅的一块石子，是楚玛尔河里的一朵浪花，是霍霍西里草原上的一棵牧草。在青藏线上,"青藏线精神"叫得很响,老幼皆知。有了它,许多人在灰沉沉的绝望之后,心头又萌发出一片翠绿。我认为,从某种意义上讲,正是那些献出宝贵生命的昆仑先人用自己的鲜血孕育了这种精神。

它是青藏线的灵魂。

1990年7月19日,江泽民总书记在昆仑山下一个普普通通的会议室里接见了青藏线兵站部的连级以上干部。他说:"你们在艰苦环境中培养和锤炼了特别能吃苦、特别能忍耐、特别能战斗的革命精神。无私奉献,为国家的社会主义建设和保卫西南边疆做出了显著成绩。"

这是对"青藏线精神"最精辟的注解。

没有比流血、牺牲更大的代价了,但是当以牺牲换来的精神财富永存于世时,这是对死者最大的慰藉和纪念。

在采访那些在青藏线上死去的人的事迹时,我深深感到他们虽死犹生,活着的青藏线人以锐不可当的奋进和发自内心的情感来怀念那些长眠在世界屋脊上的昆仑先人。

我含笑收敛起我悲伤的眼泪。泪是一块坚冰,高原人那滚烫的胸腔里燃烧的是烈火。

藏北草原。枯草凄凄,孤坟悲怆。

公路边撑着一顶世代沿袭下来的黑得像铁皮一般的帐房。从20世纪50年代初,母女俩就住在这里以放羊为生。阿妈早已谢世了,当年的女儿已变成阿妈,但是她从阿妈手中接过来的一个习惯始终未丢:每年清明时节,她都要用小铜碗斟满青稞酒,洒在帐房后面的坟上，还要跪下深深地磕三个响头……

这是一个衣冠冢。

解放军的一位班长躺在这里已经 30 多年了。

那年，一伙叛匪路过此地，为了阻拦解放军的追击，一把火烧着了草滩上阿妈的家。阿妈的女儿身患疟疾，被大火灼得吱哇乱叫。班长扑进烈火、浓烟弥漫的帐房，摸索地抱出了阿妈的女儿。他脱下军装将孩子包好，放在了清泉边，又跑进帐房去扑火……

他正中了叛匪的奸计。那伙恶人狞笑着投出了一颗手榴弹，班长牺牲了……

军衣中阿妈的女儿安然无恙。

班长的躯体和那顶帐房在罪恶的大火中烧得荡然无存。

那件军衣在阿妈的帐房里挂了好些天，它无声地向人们述说着生命的宝贵和磨难。

后来，在大火把草滩烧烤成一片焦土的地方，出现了一个衣冠冢。

为了陪伴这位无名的战士，阿妈几十年来一直没有搬过家，游牧人定居了。老人过世后，女儿也没有搬过家。

她和阿妈都这样想：人死了，灵魂在。他还在青藏线上守着哩，我们不能离开他。若离开了，他会孤单，我们也会孤单。

母女俩心甘情愿地守着这块贫瘠的土地。

她们守在冬天里，等待着春天……

无限的沙原，黄色的风，把沙漠吹成了海洋。

沙梁上，三棵圆叶鲜嫩的白杨树迎风而立，使这干渴的世界显得异常滋润。

白杨树上挂着浓重的思念。

三年前，在改造沙原的一场激战中，一天夜里突然刮起了罕见的暴风。无数的沙柱把宇宙填塞得满满的，正在值勤的战士小龙被无情的暴风卷走了，失踪……

他被埋在那沙丘下！

沙原在呜呜哭泣！

道班工人在沙梁上栽下了一棵小白杨。那是从青海湖畔移栽来的，那是一座小山峰，那是战士小龙所站的沙原。

死者和怀念死者本属同一性格：压不死的小草。

死者和生者共同支撑着世界屋脊上低垂着浓云的天。

西部浑黄的板结土上，正孕育着绿色的波涛……

青藏高原如此博大、冷峻、深奥。铜碗里的一点青稞酒、沙梁上的一棵白杨树，这都显得多么无足轻重啊！

但是，这青稞酒是同志滚沸的热血，它能冲涤世间的尘垢；这小白杨具有向上的精神，它能够联络蓝天和大地。

他死了，永远地长眠在昆仑山的怀抱中，西部高原铁灰色的崖畔上永世地镂刻着他的名字。

雪水河是从石头缝里流出来的。

负载的汽车一队又一队，在崎岖的唐古拉山道上嘎吱着年轻的灵魂。

昆仑哨兵荷枪实弹地站在世界屋脊的山巅上……

他受尽肝病的折磨后平静地死去

他很清醒，知道自己这一生的路快走到终点了。从早晨开始，他脑子突然变得轻松、明晰，眼前的事、过去的事都一目了然地浮现出来。他好像在看电影，全是别人的故事。

据说，人到了生命的终点，都有一刻这么清醒——回光返照。

他坦然极了，只是这肝脏的疼劲没有减。

医生轻步走到床前，对他说："总后领导很关心你的病，特地从北京派来专家给你治疗，他们很快就会到的。"

医生说此话意在安慰他，使绝望中的他得以宽心。然而，医生绝不会料到，这种安慰竟带来了另一种后果。

他听了，似乎一切都明白了，无力又诚恳地摇了摇头。然后，他闭上眼睛，上下牙齿紧紧地咬在一起，似乎要把医生的话咬碎咽到肚子里去。哪里好像吹起了呜咽的牛角号？怪事！

好一会儿，他又对医生点了点头，笑了。这分明表示一切对他来说都无所谓了。

他叫邢景山，某汽车团政委。三天前他离开了青藏线，来到西安，住进了这所全军有名的医院——第四军医大学附属医院。

病例上的复查结果是：亚急性重型肝炎，已到晚期。

给他检查的那位教授，检完后摘下眼镜，沉思良久。把陪同邢景山的同志叫到屋外，惋惜地说："要是从发现他有这病时就进四医大，还是有希望治愈的。现在跑了几千里路，耽误了！"

"发病哪天？谁知道是哪一天呢！上个月他还带着车队在线上跑哩！"陪同他的同志说，语气里满是哀怨。

……

这是 1988 年 2 月 5 日，农历除夕。

邢景山睡不着，肝脏好疼！

在这个时候他本来要想的事情很多，可是，肝疼使他连呻吟的力气都没有了。人活着为什么这样费劲？

他睁大眼睛，目光久久地盯着屋顶的某个地方，仿佛这样可以减少病痛。他的眼眶很深很大，好像可以放下个鸽子蛋。

好久好久，他才把目光从屋顶收回，翻了个身，脸朝墙睡去。

北京派的专家没有来。秦川正落大雪，飞机盘旋了三次也无法降落。

不行，肝脏还是疼得要命。索性，他硬撑着坐起来。疼劲似乎减轻了点儿。

他说话很是吃力：

"今年，团里的工作又上了一层楼。本来，我该在春节团拜会上给全体同志好好拜个年，可是病魔剥夺了我的这个机会，只能负债了！"

他还想说下去，可是不得不停了下来，上下牙紧紧地咬在了一起。这办法还真管用，咬，疼就变得麻木了。

医生和陪同的人扶他躺下。他有点儿不悦，但没有挣扎。躺下后，牙齿咬得咯嘣响……

除夕夜，他的身体在受罪，心儿却回到了昆仑山。也许，部队的团拜会已经开始了吧！还是在那个他熟悉的礼堂里举行……

邢景山所说的"团里的工作又上了一层楼"，确实如此。

我们不能不说到汽车部队死人的事。

往事……

大概从青藏公路通车以来，车辆事故就一直困扰着兵站部和汽车团的领导们。兵站部每年死于车轮下的生命有多少？幽默的青藏线人编了几句调皮的顺口溜：

> 五十年代一个连，
> 六十年代一个排，
> 七十年代一个班。

死这么多人，太惨了！

在一次会议上，老部长王满洲冷不丁地掷出了一块"金牌"："你们哪个团能保证三年不死人，我为你们报请集体三等功！"

在座的汽车团的领导们听了面面相觑，谁也不敢拍这个胸膛。三年不死人？开玩笑！一年不流血的汽车团打着灯笼也难找呀！

只见邢景山和团长张奎景在耳语什么。

少许，他便站起来，说："站长，说话算数？到时候这三等功我们让你请定了。"

语惊四座。人们用诧异的目光望着这个吃了豹子胆的老邢。

王部长站起，一拍桌子："好，青藏线有希望了！"

邢景山和张团长开完会回到团里后就一头扎进了连队，把团里上高原二十多年来的近千起事故逐一地进行分析、总结。他把几代司机的智慧归纳成了九个字：度天时，识地利，求人和。

被大家誉为秀才的邢景山不负这顶桂冠。他总结经验写材料总有自己的独招。

在全团军人大会上他解释着这九个字:"度天时,就是把握全天候安全行车规律;识地利,就是把握各种路段上的行车规律;求人和,就是把握驾驶员的思想规律。"

找到了规律,并沿着规律攀山,还能摘不到冰山雪莲!

1986年底,邢景山的团实现了连续三年无责任亡人事故。这在青藏线上是空前的奇迹。许多老战友对邢景山刮目相看了,他们拉起他的手,紧紧一握:

"老兄,真有你的!"

就这么没头没脑的一句话,不再说了。

兵站部领导说话算数。邢景山和张奎景立了三等功,他们的团由军委总部记了集体三等功。王部长宣布了记功命令后,问邢景山:"老邢,你还有什么考虑吗?"

谁都听得出来,这是激将法。

没料,邢景山早有迎战的对策,他跟音就回答:

"部长,我和团长还有其他常委都研究过了,我们团力争做到五年内不发生亡人事故。我这次来部里开会前,全团上下这个口号已经叫得山响。"

"好呀,你老邢对我们部里还保密呢!浩浩荡荡的大军都出动了,你才露出那么一点儿信息。"他说着给了老邢一拳,"可是,你以为我不知道你们的行动吗?纸里包不住火,情报早就送到我案头了。我支持你,五年不发生亡人事故!"

1988年,邢景山率领他的团队终于迈上了这个在许多人看来只能在海市蜃楼里出现的台阶。

他攀上了顶点,也病倒了!

走到了天涯，他才想到应该有个陪着的旅人。

……

肝脏很疼，越来越疼。

这个除夕，为什么这样难熬？

邢景山盼它，又怕它……

他昏昏迷迷地进入了梦乡，肝疼似乎也中止了。他不知道到了什么时候，到了什么地方，一切都是那么遥远。

大年初一的早上，即2月5日，他早早地就醒了，像往常在高原上过春节一样醒得那么早。外面鞭炮声不时地扑进病房。

他脸上浮出了多日来不曾见到的笑容，像健康人一样从床上坐起来。手伸进衣服口袋里不知摸着什么，以至整个胳膊都颤颤巍巍的，旁边的人忙上前帮他去摸口袋，谁也弄不清他要什么。

他说："笔——钢——笔。"

他终于掏出了钢笔。

他继续吃力地说着："纸，纸——"

肝又疼了，他用拿笔的手去按那腹部。

一张白纸在床边展开，他趴下身子，艰难地写下了他一生中最后的几行文字：

> 处以上领导，我在病床上给你们拜年！并请你们一定代我向全团官兵致以节日的问候！我的病近日不见好转，我很着急，想见同志们。我临走时说很快回来，现在看来不能兑现了。退伍、接兵、选改志愿兵几项工作都要开始了，加之有的常委要转业，任务都搁在了你们肩上。1988

年的工作总结我写不成了，对不起，拜托了。今后的工作仍要稳扎稳打，每年都要有新招。每逢佳节倍思亲，此时此刻，我多么想念同志们呀……

他肯定还有很多话要写，但是他无力再坚持写下去了。轻轻的一支笔在他手中变得像一座山一样重。肝疼，疼……

他歪倒在床边，笔尖戳在纸上，吐出了一大摊墨水……

他永远地倒下了，享年44岁，奋战昆仑山18年。

目睹邢政委咽气的同志说，他在远去的时刻，由于肝疼的无情折磨，非常痛苦，呼叫、乱抓、痛哭……但是，当他咽下最后一口气时，脸上立即浮出了安详的笑意。

笑什么呢？

他去世的噩耗传到高原后，昆仑山像落了一场泪雨，全团沉浸在一片悲恸里。

正在进行的兵站部党委会中断了，这些常年在高原风雪里转战从不在任何困难面前皱一下眉头的老兵们也哭成了泪人儿。

当然，最伤心的莫过于邢景山的妻子胡启梅了，她摸着丈夫冰冷的手说：

"你为什么这么早就走了！青藏线不会因为你的离去而塌陷，可我们这个家谁来支撑？"

……昆仑山在战栗！

高原的雄风沿着山脉的走向在悲壮地行进。

他知道认定的目标是和死亡连在一起的吗？

人生道路上的转折点往往是那么几步路导致的，迈过这几步路，前面便是悬崖绝路；绕过它迂回而行，铺满鲜花的坦途在迎接你，或者相反。

就这么简单！人生。

汽车某团团长王志远走了以后，人们似乎对这一点信奉得更坚定了。当初为什么不阻拦他一下呢？他不听也不行，就是不答应他，违背他意愿也不答应。反正不能由着他。这样，也许就不会有今天这结局了。

首先是他的妻子，丈夫死了，她像受了委屈的孩子一样失声痛哭。她太后悔了，怪自己心软，那趟任务说什么也不该让他去。

王志远十年前就得了肝炎，他不在乎，该干啥还干啥。后来，肝硬化，他仍然不放在心上。他的哲学是：有了病整天愁眉苦脸、哭哭啼啼，小病也能酿成大病。相反，昂首挺胸过日子，根本不把病放在眼里，大病也拖不垮你，甚至还可能把病魔征服。

他说："病这玩意儿娇惯不得，它总是欺软怕硬，它怕的咱偏给它。"

也怪，他这肝炎十多年了，没事。

有个战友和他开玩笑："老王，你快走到头了，想开点，买点好吃的享受享受。"

他以玩笑对玩笑："着什么急，我准备拽上你一起走，要不，到了阴间，我没个棋友怪寂寞的。"

战友原本想：既然老王已经知道了自己的病情，开个玩笑也许能让他从苦闷中走出来。没想到这老兄想得比他还开！真没辙。

1984年冬天，也就是他病故前的两三个月，他从线上执勤回来，脸色蜡黄，面容消瘦得有点吓人。妻子见状，心里一阵酸楚，一面给他煮鸡蛋挂面一面问：

"咋瘦成这个样了？"

他划根火柴点着烟，狠吸一口，又吐出来。再吸一口，咽下去，说："就是身上觉得乏得很。没别的事。"

"饭量呢？"

"还成，像你做的这面条消灭两大碗没问题。"说着他用左手做个碗状，右手的两根指头一捞，抿到了嘴里。

妻子苦笑了一下，加快做饭的速度。他一定饿坏了。其实，妻子上当了，他什么时候有过一顿吃两碗面条的历史？头天晚上在纳赤台兵站还肝疼得颗粒未进呢！

这次执勤回来，王志远在驻地待了不到一个星期，又要随另一个车队出发。这一个星期里，他有一项工作始终没有中断：打针、吃药。

明天就要踏上征途了，夜里进了家门，他才把出发的事告诉妻子。他说得很轻松，妻子听了却抹起了伤心的眼泪。

"亏你还说得出口，这青藏线是你的家吗？你可以不要老婆不要孩子就是离不开它。看把你一天忙乎的，刚从山上下来，到家还没把被窝暖热又要走了。"妻子好像从来没有这样埋怨过丈夫，她的泪水挂满了脸，泪涟涟地说得好凄惨，"不是我说你，你瞧你的身体，都病成猴儿样了，还这样不知道爱惜自己。每天夜里你躺在床上肝痛得直呻吟，翻过来倒过去地不能入睡。你不为老婆孩子着想,怎么也不为自己想一想呢?"

明明是问话,但是不等丈夫回答,她又说了起来:

"前日卫生队李大夫告诉我,你的病不能再耽误了。要我说,这趟任务你不能去,该治病治病,该休息休息,团里的工作有大家撑着,天塌不下来!"

他静静地听着,在一般情况下他是不辩解的。今晚呢?他本来也不打算辩解,只是他见从来都少有话语的妻子突然间说了这么多话,那是真的动感情了,特别是听到妻说的"团里的工作有大家撑着,天塌不下来"这句话时,他便改变了原先不想与妻较真的想法,也很激动地说了下面一番话:

"你说得都对,很对!可是,你毕竟是站在妻子的位置上对丈夫说的话。你还应该知道,我是一团之长,你作为团长的夫人,要对全团同志讲几句话才对。眼下团里其他几位领导有的去开会了,有的家里有意外事情难以出发,而且现在是易发生车辆事故的冬季,我不带车实在不放心嘛!"

他还要说下去,突然肝疼,他捂起了肚子。

妻子赶忙擦去伤心泪,强颜欢笑地把扶他到床头坐好,给他擦着因为刚才说话激动脸上渗出的汗珠。他拉起妻子的手,笑了,苦笑。

妻子的心多会儿都是软的,别看她的嘴有时那么硬。

第二天,天刚放亮,他就爬出热乎乎的散发着妻子香甜气息的被窝,走了。后来,妻子记得最清楚的是他脚上的那双棉毛皮鞋(高原人俗称大头鞋)。他穿上后,在屋里走了走,跺了跺,说:"怪了,这鞋怎么小了,穿着怪夹脚的?"妻子并没在意,还有意无意地说了句为了使他开心的玩笑话:"你长个儿了啊!"

他没吭声，走了。她送他出门。走出去好远了，妻子还看见他停下来跺脚，看来确实是夹脚。她一直望着他，感到那脚步迈得好沉，有点异样。

后来，妻子明白了，人在出事之前，脚总会浮肿的。这是爸爸讲的，家乡人都这么说。她真后悔，当时她怎么就忘了这一点儿呢？

她后悔极了……

人总是在失去什么之后，才更能感到它的珍贵。可是，晚了！

她知道，再后悔也无法缩短这无法缩短的距离。丈夫已经离她远去了！

心上留着这种后悔烙印的不只王志远的妻子，还有兵站部的几位领导。

那是王志远从线上值勤回到驻地格尔木以后，紧接着就到西宁参加了兵站部的党委全会。会中他突然肝疼，连大会都没能参加完，就被人架到医院去治疗了。会议结束后，兵站部的几位领导都去看望他，希望他能留在西宁好好治病，毕竟这儿的医疗条件比格尔木好多了。他一听就像叫他进监狱一样，急了，赶紧扳着指头说起来："绝对不行呀，会议精神等着我传达贯彻呢，还有，团里几个领导等着我回去研究明年的任务……"

在场的人没有一个不认为王志远讲得有道理，所以他们挽留他治病的决心也动摇了。尽管大家觉得他是无论如何都应该去治病的。

他离开西宁时，兵站部的领导送他到火车站，再三叮嘱他：

"老王，再不敢耽误了，一定要抓紧看病，这也是你的任务。"

他回答得还是那么轻松：

"没问题，忙完这阵子我就安心住院去！"

青藏线上的汽车部队是永远也没有忙完的时候。不久，王志远又跟着车队翻过了唐古拉山。

这是他生命的最后里程。

这一点，也许他自己不知道。但是他的妻子、他的战友、他的下级和他的上级都似乎已经明显地感觉他的人生之路快要走完了。要不，在这之前他们干嘛要一再地劝他治病呢？

只是他们的劝说没有起到他们本来打算起到的作用，这个倔得像牦牛一样的王志远，还是义无反顾地朝着他认定的目标走去。

正是这个目标与死亡连在一起。这，大概是他这个平平凡凡的人在人们心目中闪现出异彩的原因之一。不是吗？是他编造了一顿吃两大碗面条的话瞒过了妻子的耳目，又是他在生命本该放慢节奏的最后时刻扳着指头说服领导躲开了医院，而去加速地完成最后的冲刺。

就是在这趟任务中，他昏倒在了唐古拉山上。当时车队被暴风雪围困在山上15个小时，他和大家一起挖雪开路。15个小时呀，钢人铁马也要舍斤少两的，他终于累倒在雪地上。开始，同志们并没有发现团长倒下去了，等发现他时他已不省人事了，呕吐物顺着大衣往下流淌……

他再也没有起来。

最后，大概是他离开这个世界前的两个来小时吧，他突然伸出手来，颤颤巍巍地说：

"烟，烟——"

他要抽烟。在场的人点着一支烟递给他。他出奇地飞来一股劲，接过烟，有滋有味地吸着，吸着，非常馋人。

大家感到，他的生命在这烟头上一点点燃烧为灰烬。

那烟头上的火星忽然闪亮了一下，格外亮，溅起了火星。

然后，灭了……

高原冰层下有他的坟墓，但他不是菲利普

我常常这样想：世间的许多事情都不是人们可以用常规的因果关系就能解释得清楚的。曾祖父比曾孙还年轻，这样的事你相信吗？

传说 1986 年，一支登山队发现在阿尔卑斯山的冰层中躺着一具穿法国士兵服装的尸体。医学研究所小心翼翼地解冻后，那尸体竟然微抖起来，接着，眼睛、脸部也开始蠕动。后来，经过医生的悉心照顾，他说话、行动也正常了，并述说了自己的身世。他叫菲利普，22 岁。第一次世界大战期间，在一次急行军中，不慎陷入积雪皑皑的山谷里，很快被冰层覆盖了。菲利普在冰层里整整睡了 69 年，实际年龄已超过 90 岁，可他的面貌仍停留在 22 岁的青年状态。经过调查，他的妻子、儿子已相继过世。目前，他的孙子孙女都四五十岁了，他的曾孙子也已结婚生子，而他比曾孙还年轻。

我举这个例子，没有猎奇之意，只是想告诉读者，在不同的环境和条件下，会出现人们正常思维所意想不到的奇人奇事。下面我要说的这位患了高山病的驾驶员便属此例。他被病魔折磨得头快爆裂了，疼得他神志不清，而他竟然开着车在险峻的山道上安全地行驶了 30 多公里。

信不信由你，这是发生在世界屋脊上真实的故事。

他叫成元生，汽车兵。那年也 22 岁，与菲利普同岁，巧合。

可是，他们的命运是多么不同呀！菲利普在这个年龄时爆发了一次强烈的生命活力，成为永远年轻的新生的起点。而成元生呢？在这个妙龄年华走进了青藏高原的冰层下，那儿成了他永久的坟墓……

那是一个无风无雨无雪、天空异常灰暗沉闷的午后。不过，很快就起风了，轻柔柔的西北风，戏耍似的轻轻地摇着草尖儿。在人们的感觉里它在摇撼着这个世界。

成元生正在经历一次从来没有过的头疼，这个该死的高山反应，几乎每趟任务都要跳出来困扰他。但这一回带给他的痛苦似乎跟过去任何一次都不一样，头晕目眩，剧疼难忍。

头疼是从什么时候开始的，成元生已经很难说清楚了。反正他恍惚记得早晨起床后脑勺像通上了电一样"嗡嗡嗡"地响。疼，还是麻木？他实在分不清楚。他没有在意，抓住方向盘踩着油门就出车了。他以为一切都会像从前一样过去。除了头有点疼以外，这个日子与以往的日子没什么两样。

高原山水乘风去，一切仿佛都从成元生踩着油门的脚下滑于身后。这只脚真是神通广大！他得意地想着。

什么时间过的沱沱河，什么时间翻的风火山，他全然不知。他的脑子里是一片空白，晕晕乎乎的，像一团乱麻。他只觉得整个世界屋脊都呜呜地从他踩着油门的脚下闪过。这一阵脑子变样地疼起来了,怪了！好像是谁用铁钳子把里面的什么部位咬住了似的。疼！疼！疼……他实在受不了啦，真想大声叫几声妈妈。

过去从来没有这样头疼过啊！邪了门儿！

消失，世界屋脊在他眼里消失……

忽然,他很想知道一件事:眼下车子行驶到了什么地方?

不知为何产生了这个想法,难道他预感到自己再也不会到这里来了吗?他问助手孟晓云:

"车正走在哪儿?"

"四道梁。"小孟说。

成元生点点头,然后嘴里喃喃自语:四道梁,四道梁……

四道梁是昆仑山与风火山之间的一个地名,极为荒凉、冷僻,尤其缺水,海拔 4000 多米。在高原上跑车的司机都知道这样一句揪心的顺口溜:"纳赤台得了病,五道梁要了命。"可现在,成元生还没走到五道梁呢!

大概他的预感正是由此而生,才打问着这是什么地方。

四道梁,四道梁……他继续念叨着,仿佛生怕这四道梁再增加一道变成五道梁。那地方太可怕了。因为超重,他担心搁浅。

高山反应在加重,头疼得不能自已,豆粒大的汗珠雨点般从脸上滚落。方向盘在他手中变得轻飘飘的,车子开始"画龙"了……

疼!那铁钳夹肉中似乎又插进了一根针,真他妈的要命,疼死了!

他不得不腾出一只手去掐太阳穴,这是医生告诉他的,在头疼得厉害一时又没有别的办法时,就按太阳穴。他过去常用这一招,还蛮管用哩。可今天呢,失效了,越按那地方,头好像越痛。怪事!

他掐着,狠狠地掐着,巴不得把那儿的血管掐断了才解恨。人为什么要长脑袋呢,脑袋里又为什么密密麻麻有那么多血管……他胡思乱想了。

他的另一只手还忙乎着操纵方向盘。有时候遇到路面有沟儿坎儿什么的，他就不得不把掐太阳穴的手腾出来，用双手去摆弄方向盘。不过，他很快又得去掐那块地方，头疼不饶人呀！

车子还在"画龙"，他一直紧紧地跟着车队。不能掉队，他内心不断这样嘱咐自己。

他莫名其妙地产生了一个想法：如果再长一只手多好啊！既不耽误开车，又可以制服头疼。

起风了，在驾驶室外呼呼地长啸着，似乎还夹杂着细密的雪粒，宇宙间拧卷着一条又一条雪鞭。

肆虐的雪鞭在车窗外抽起一道道沙尘与雪粒混合而成的烟柱，围绕着车辆戏耍着。一会儿抽到车窗玻璃上，一会儿又抽到车厢两侧。这烟柱，它怎么就那么狠心！

这不是雪景，成元生无心去观赏。

汽车驶入了一段险路。一边是陡峭的山崖，另一边是湍湍的河流，河里的水倒不算深，那些卧在河心的大石头龇牙咧嘴的，怪吓人的！

车子"画龙"画得更厉害了，不时跑偏。成元生痛苦地挣扎着，只见他闪电般地腾出手，握成拳状，狠狠地砸了一下太阳穴。之后，又紧紧地掐住了那块泛紫泛青的肉。太阳穴处的肉已经隆起形成一块"高地"。

助手小孟的心一直悬在空中。他觉得他们的车将落入一个无底的深渊，深渊！可是他无能为力。一个刚刚入伍的新兵，只能帮成元生加水加油擦擦车什么的。可是，这阵子，他鼓足勇气向成元生哀求：

"班长，我开一段吧！"

"你不行，这路太危险。"成元生坚定地说。

说话间，车子在路面上的一个坑里又颠了一下，要不是小孟帮着把了一把方向盘，说不定早颠飞了！

成元生再也不敢用手掐太阳穴了，他不得不用双手牢牢地把住了方向盘。

剧烈的头疼一点也没有减轻。他的头什么时候这样揪心地疼过？

他不得不减了个排挡，让车速慢下来。

"小孟，帮我砸砸鬓角，砸得越狠越好。"

小孟惊愕地望着班长，他没有砸人的勇气，更何况是自己尊敬的班长。

成元生自己砸了自己一拳，又换上高速挡前进了。

太阳穴的那块肌肉上又添了一层紫青。

小孟看着痛苦的班长，不由得想起了昨天晚上的事……

昨晚，连队投宿二道沟兵站。成元生悄没声地睡在汽车大厢上。

在汽车上过夜？兵站的客房不比大厢舒坦、暖和？

当时，连队的同志没人去琢磨成元生的这一举动，甚至不少人并没有发现他睡在大厢里。后来发生的事情使大家很容易就得出了这个结论：八成是因为他的头疼病在那天夜里就发作了，他怕睡在客房里自己闹腾起来影响大家休息，才找了个地方去独自忍受。

这是成元生在青藏高原上的最后一夜，也是他人生的最后一夜。他多么会为别人着想，他在离开自己苦苦爱恋着的这个风雪世界时，独自在忍受。其实，他根本无法入睡，可恶的高山反应使他的头疼得快要爆炸了，一刻一分的安静都不给他。他用被子蒙着头呻吟，长一声短一声地呻吟……

他已经很难辨清夜进入了什么时辰，只听得一阵隐隐约约的铁器击打声传到大厢里。

这么晚了，谁还没睡？

他强忍着头疼给浑身带来的说不清是麻木还是疲乏，挣扎着爬起来，冲着撞击声走去，一看，原来是53号车的驾驶员在焊水箱。霎时，他忘了病痛缠身，像个好人一样蹲下去拿起烙铁帮着战友干活。他是连里出了名的业余焊工，这种场合少了他，这个世界不就缺了一个角吗！

燃烧的电弧光映着他惨白的脸，脸上缀满痛苦的汗珠。

他终于无力支撑这个本不属于他这个病人该干的工作而晕倒在车场上。"啪"的一声脆响，他倒在冰冻的地上。

在场的几个同志撂下手中的活儿围上来，问他怎么样了，并提出送他到卫生所去瞧瞧。

他哪儿也不去，只是说："头疼脑热的，谁没遇过？休息一会儿啥事也没有了。放心吧！"

他说得多轻松。

然而，事情并不是这么简单。他回到大厢后，头疼不仅没有减轻，而且越来越剧烈。最后，当他实在忍受不了时，便狠狠地揪着头发，用头在厢板上乱碰乱撞……

溶溶月色，被他撞乱了，碰碎了！不安宁的夜啊！

这一切都被助手小孟看在眼里，但是，他不敢张扬出去。因为班长非常严厉地对他提出了警告："现在正是老兵刚复员新兵才来队的时候，青黄不接，连里驾驶员少，少一个人就多一台车停驶，这样不但影响连队的任务，还要拖全团后腿的。我这头疼是老毛病了，不要紧，明天我照样出车，不会有啥大问题的。死不了咱就不能躺下。记下了没有！"
　　……

　　四道梁。
　　成元生的头疼仍然有增无减，汽车依旧在公路上歪歪斜斜……他始终紧紧地跟着车队，不能掉队！其间，他停下车让小孟用背包带把他的头紧紧地扎上。还是不行，头疼照样不止，还伴着恶心、呕吐，一阵比一阵难受，胃里的食物吐光了，又吐黄水，最后吐出来的是殷红的鲜血……
　　眼前飘过了一块花被单，感觉晕晕乎乎的……
　　前面的第一辆车停下来了，途中检查。成元生的车也缓缓地停了下来。车没停正，歪在公路上……
　　后面的同志们急忙跑上去打开驾驶室的门，一看，他已停止了呼吸，双手仍然紧紧地抓着方向盘，两只眼睛瞪得大大的……
　　孟晓云从车上下来，泪涟涟地给大家诉说了一切。他毕竟是个新兵，不要去责怪他。
　　瞬间，整个青藏公路失去了平衡。
　　雪花，铜钱大的雪花在天空慢悠悠地飞飘，旋转。那是一张张纸钱。
　　战友们爬上大厢寻觅，走进驾驶室里寻觅。他们发现了，成元生头部在大厢上碰撞和用拳头砸击留在厢板上的一块块紫黑色淤血残痕，血迹上粘着丝丝头发……
　　他太年轻，他不甘心离开这个世界啊！
　　能甘心吗？大约就在昨天吧，他还神秘地对一位战友说：

"你嫂子要生了,来信让我给宝宝起个名字。我琢磨了半夜也没琢磨出个名堂,你给当个参谋怎么样?你是秀才,我听你的。"

这个世界需要他,妻子需要他,即将出世的宝宝更需要他啊!

车队瘫了一般停在公路上,寒风呜呜咽咽地吼叫着……

突然,我又想起了菲利普。

如果成元生能有菲利普那样的好运气该多好呀!这样,若干年后,当他22岁的生命重新活跃在青藏高原的时候,战友们一定会把他抬起抛得高高的,像喜马拉雅山那么高!

可是,不会的。成元生不是菲利普,他走了,到好远好远的地方去了,永远不会回来了!同志们为了怀念这位不该早去的战友,每当驾车路过四道梁时,都要鸣响喇叭,向他致意,向他问候。

嘀嘀嘀——有时候是几十台车一齐鸣笛,荒原都被吵翻天了。

成元生,你听见了吗?

白昼,四道梁上空的蓝天镶着一钩弯月……

三片止痛片送他远行

1986年2月3日,彝族战士沙马住进了家乡四川省大凉山地区的美姑县人民医院,医生对他病情的最后诊断是:肝硬化合并腹水,食道、胃底静脉曲张破裂出血。

在此之前,沙马一直认为他得的是胃病。"胃嘛,吃吃喝喝都是它的事,年轻人,铁能咽,钢敢咬,难免有热了要烫嘴凉了会渗牙的时候,还能不出点毛病!"他总是这么轻描淡写地对每一个认真劝他看病的人说。他从来没有正儿八经地看过一次病,所以别人也认为他得的是胃病。

现在,大家知道了他的真实病情——讨厌的肝硬化!可躺在病房里的他仍然以为自己是因胃病住的院。

3月14日,沙马在县医院病逝。

他28岁,未婚,连女朋友都没有交过。他在青藏线上的汽车部队工作了八个春秋,却在离高原3000公里外的凉山闭上了眼睛。乡亲们讲,他死时嘴里念念不忘昆仑山……

肝炎!一个又一个肝炎病人。王志远患的是它,邢景山患的也是它。这个可怕的病魔为什么要这样无孔不入地侵袭着青藏线人的身体?

高原的风用灰蒙蒙的颜料涂画着一切。

据有关部门统计:自1980年以来,在青藏兵站部所属部队中,因肝炎病死亡人数已达29人。其中,团职干部10人,死者中,年龄最小的只有20岁,年龄最大的也仅50岁。从发现病情到死亡,最长的不超过两个月,短者只有四五天。

沙马属于时间较长的一个,也就是说上帝留给他在世的时间多于别人。

他仅仅活了28个年头。

另据调查:青藏线上因肝炎病死亡的人数与内地同等人数中的死亡数相比,发病率和死亡率均高出两三倍。

我在昆仑山采访时,一位医生的感叹解开了我心中的疑虑。他说:青藏线上得肝炎病的同志,几乎无一不是与超负荷的工作有关。他们都像焦裕禄一样是被累死的!

我似乎悟出了点什么。王志远、邢景山、沙马,还有许多我叫不上名字的带着疾病与高原抗争的西部战士,他们确确实实是一头头超载的高原牦牛。

沙马这头牦牛在世界屋脊上行走了3000多个日日夜夜,驮着星星,驮着太阳,驮着雪山,驮着戈壁,哪儿是他歇脚的小店?那是他入伍到高原的第三年,连队执行给西藏运送水泥的紧急任务。9月的一天,长江源头突然飞降暴雪,数百辆军车、地方车被大雪封在唐古拉山中。沙马和他的战友们也未能幸免。车队被围困了整整四天,食物极缺,大家只好在雪地里寻找野味野草来充饥。有两个地方司机因吃冻死的地老鼠中毒,死了。为此连里做出决定:谁也不许吃地老鼠。可是,饿极了的人是疯狂的,仍有一些胆大且抱有侥幸心理的战士拿着死老鼠吃。连长急了,说:"咱们想想别的办法度过饥饿,死老鼠万万吃不得!"

有什么办法可以充饥?没有。在下山联系救援的同志未返回之前,大家只能干等。奇人自有奇法,沙马当时半开玩笑半认真地对同志们说:"我的体会是坐下来等死容易,挺起身子抗争也许还有机会,死不了。来,大家铲雪开路去,蹦跶蹦跶,干点儿活出身汗,饿呀累呀就从毛毛孔跑了!"说得大家直乐,这一乐,饥饿真的就退让了三分。

他确实是这么干的。被大雪围困的四天中,他一直拿着一把铁锹不分昼夜地铲雪开道。他当然知道一个人一把锹的力量是很渺小的,但他仍然要铲雪,要开路。消极的等待,这不是沙马的性格。

第四天夜里,安多兵站的同志把饭送到山上。这时,沙马的力气已消耗得所剩无几,昏倒在他铲出来的路中央。

正是从那时开始,沙马的身体素质明显下降了。他常感到胸部和腹部疼痛，食欲大减。同志们劝他去卫生队查查，他憨憨地一笑："不就是胃病吗？我当过卫生员，这病没啥大的危险，咱们这些跑车的驾驶员，十个有九个得胃病呢！"

一次，他在西藏的当雄兵站帮着战友检修分电盘时，因腹部剧痛靠在保险杠上痛苦地痉挛着，最后倒在了地上。当大家要送他到卫生队去看病时，他忽地一下离开保险杠，站得直挺挺的，像一棵白杨树。他说："咱们的连长，还有二班长，不都有胃病吗？他们干得多欢实！有点小毛病就躺倒，工作撂给谁干？"

沙马哟，看来你这个卫生员是肯定不够格的，三流水平！有个起码的知识你没掌握，肝和胃的位置你没分清。它们虽然相连，但并不是一回事，你的疼痛来自肝脏！

全连的同志甚至连营里的领导都知道沙马患的是胃病。多少人被他蒙哄了！

当然，后来大家知道了，不是沙马故意不去检查病情才把肝病当成了胃病，而是运输任务太紧张，他实在抽不出时间去劳烦医生。

他的身上经常揣着止痛片，疼了就用它来解围。在他看来，这小白片是包治百病的灵丹妙药。

魔鬼向青春进军。

……

美姑县人民医院。沙马骨瘦如柴，他的神走了，眼看就要倒下去了。人总是要死的，他不怕死。但他觉得有点窝囊，就这么个胃病，把命要了？那么多人都有胃病，怎么到了他这里就过不了这关啦！

他连连发问，但不知问谁。

家人和专程从高原来县医院看望他的战友，在这最后的时刻不得不把真实情况告诉了他："你的病已明确诊断了，是肝炎。"

他听了，那深深眼眶里的眼珠子忽地发亮了，呆呆地瞪了好久。之后，他叹一口气，一笑，又变得很轻松、很不以为然的样子。

从他知道了自己的病情之后，大家就发现他常常在嘴里轻轻地、反复地默念着两个字：肝炎、肝炎……

沙马的病情日益恶化，每日吐血屙血不止，有时一天就是六七次。医生想方设法地抢救他，他却表现出少有的倔强，拒绝一切治疗。他拔掉了输血的针头。当护士劝说时，他竟然连准备的血浆也藏起来了。

护士说："沙马同志，你不能这样，你的病情需要这样治疗，需要这些药物。你应该听话，不听话要吃大亏的。"

他说："我已经知道了自己的病情，希望你们不要再为我浪费国家的钱财了，把这些药都留给别人用吧！"

护士哭了，一边哭一边又拿出了新的针头，她无论如何要给他把这些血输进去！

沙马忽然变得老实了，乖乖地让护士给自己输血。

之后，他再也不闹腾了，只是悄悄地做着"走"的准备。他要远行，心里不免有几分留恋。

他让护士找来笔、纸，哆哆嗦嗦地给连长写了一封信，信上这样写着：

连长同志：

您好！

我不行了，我们再也见不着了，你不要难过。有几件事还要麻烦您，请您领取我最后一个月的工资，代我交了党费；请您检查一下我的04号车上的随车工具、附件，如有缺少，请折成款从我的工资中扣除；探家的前夕，我借了三班郭平生一套涤卡军衣，把我箱子里的那套新衣还给他。我死后，不要为我的事给组织添麻烦，组织没有对不住我的地方。拜托了！

人在死时才感到活着多好，我这一生做的事情太少了，我多想再回到高原上干几年，可是，一切都晚了……

沙马

他走了，是有思想准备而走的，但留下了心头永远无法补救的遗憾。

死的那天，人们看到他总是哭，见到人就哭，不说一句话，惹得亲人和战友们跟着他一起哭。只是大家像他一样，也是无声无息地哭……

家乡人按照彝族的风俗习惯送他远行：他身穿彝族服装，头戴"俄贴"（包头帕），身披"查尔瓦"（披毡），裹着绑腿，静静地躺在柴火上。送葬的人们紧紧围着他，伏在地上痛哭，呼喊着沙马的名字。乡亲们把沙马身下的柴火点燃了，接着便鸣枪40响，倾洒了酒，表达对沙马的怀念和敬意。

同一天，青藏高原悄没声地落了一场大雪。

送走沙马好些天了，家人在为他整理遗物时，发现他的衣服口袋里还有三片白色药片。

呵，止痛片……

昆仑山下，有座拐杖冢

我的笔像触了电一样颤抖着。

又是一个肝炎病人！

我必须写出他的故事，他的命运。我无法改变许多青藏线人是被肝病夺去生命这一事实，就像无法改变唐古拉山的含氧量只有海平面的一半这个事实一样。

昆仑山的荒漠上，坟堆，望不到边的坟堆连成一片。

这，就是烈士陵园。

当年，慕生忠将军率领筑路大军在昆仑山下的荒郊撑起了第一顶帐篷，用笨拙的铁锨埋下了青藏公路在昆仑山地段的第一座里程碑，同时也用这个简陋的工具，为无私无畏把生命奉献给高原的建设者们修筑了永久的寝地——烈士陵园。

从那时候起，每年每月每日几乎都有魂系昆仑的英灵们在这里歇脚、永远地安睡。

虽然这是大家公认的烈士陵园，但是躺在这儿的青藏线人没有几个可以称得上是真正的"烈士"。他们绝大多数是患高原疾病故去的，属于正常死亡，按红头文件上的规定不够封烈士的条件。

不过，高原人敬重他们的感情就像敬重在老山前线牺牲的烈士一样深沉。他们是为奋战高原而献身的，他们死的伟大。

他，章恩佑，修建格尔木至拉萨地下输油管线的总工程师，也是一个不够烈士条件的"烈士"。他埋在家乡唐山，不过，青藏线人一直觉得他没有离开高原，每年清明时节都要到烈士陵园为他扫墓。

壮实的生命应该崛起于荒原，又长眠于荒原。

章总的肝病几乎是与这项工程同时开始的，而他的生命进程也几乎是和这项工程同时完结的。他倒下去了。他本应该长眠在昆仑山，但是没有……

章总是20世纪50年代初走出大学学门的知识分子。那阵子的大学生在心中筑起的理想长堤似乎特别牢固。为什么？这是个不少人不以为然而我又暂时说不清有待大家共同研讨的课题。我是深深敬佩他们的。1972年，周恩来总理批示要在青藏高原修建地下输油管线，这是中国国防建设史上和社会主义建设史上一项宏伟的工程。正在北京总后勤部某营房设计院工作的章恩佑得到这个消息后，迫不及待地要求上高原。首都，这让许多人羡慕的舒适的环境对他失去了诱惑力，家中妻儿老小的挽留对他也不起作用，他只想着要到昆仑山去拼搏一番，那里是真正的中华民族的生命之巅。他对亲友和领导说："中国人要在世界屋脊上修建一条地下输油管线，多么自豪的事业啊！这不仅在中国属首创，国外也没有过啊！"

当时他已经53岁了，这样的年龄上高原肯定意味着要冒很大风险。我们这一代人是荒原的开拓者，连死都不怕还怕什么！章总上高原后抓的头一件事是研究国内外的有关文献资料，编写教材。他协助各级领导采取诸多方式，培养了3000多名焊接、仪表、电气、司泵等各类技术骨干。这是他亲手栽培的支撑输油管线的一批顶梁柱。

章总的生命在53岁这年爆发出了惊人的耐久力。山高缺氧奈何不了他，疲劳饥渴拖不住他。他的人生在这时候才写了一个意味深长的序。

他毕竟是位老人。

一次，在鉴定油罐的安装质量时，他手里拿着仪表，脚下一滑，从荡荡悠悠的梯子上摔下来，右小腿被跌伤。如果仅是小腿骨伤了也罢，问题在于说不清是什么原因，原先就有的肝病从这次摔了以后加重了。病魔一日紧似一日地来纠缠他，致使他有点招架不住了。

章总不得不准备了一根拐杖，不管到什么地方去，都离不开这根拐杖。年迈，多病，使他走路很艰难，但是，该走的路他一步也不落下。不仅如此，他干的工作比过去更多了，每天都是小跑步地忙乎着。细心人在他去世后做了这样一个统计：他在高原的三年时间里，刨去坐车，步行的路有2000公里。一个年轻人脚上的功夫也不如他硬啊！

"章总，你该歇歇了。不是为你个人，而是为工作着想，身体健壮了才能挑更重的担子啊！"

"我比别人多了一条腿，当然就应该多走路，多干活！"

说毕，他拄着拐杖又一颠一颠地忙乎去了。

他的肝病越来越严重了。当然这是别人绝对不知道的。他把所有痛苦都嚼碎咽到了肚子里。当他知道这可恶的病魔正无情地吞噬着他的生命，他工作的时间不会很长时，便竭尽全力想在这有限的时间里多做点事情，再多做点事情。他不是追求个人的功名，人都死了，功名对他还有何用？

拐杖伴着他，他伴着拐杖。这是一对战友，他们丈量着高原上的山山水水，高原上的山山水水映着他们的影子。

管线的第一期工程完工了，试通油成功。这时，一部分人员要撤回内地。他被理所当然地排在了这批内撤人员中。章总，你早该走了,你就放心地内撤吧,你的功德会永远留在雪山银岭间。

可是,他没有走,要求留下了。

他说:"我要慢点走,这里的工作我还没干完,作为工程的总设计师之一,在工程还没有完工之前溜之大吉了,像话吗!"

还是那根拐杖陪着他在高原上颠簸、辛劳……

很快,他就走不动了。是被肝病拖住的。

他不能上一线了,整天在办公室里干着他要做的一切工作。电话机像焊在他的耳朵上,他的神经伸到了青藏高原上的角角落落。

1978年夏日的一天午后,昆仑山被低低的阴云盖住了面目,飘飘扬扬的雪花在天空中旋转。章总要离开高原回内地了——医生说,他在高原不能再多待一分钟了。他的肝病发展到了最后阶段。

大家还清楚地记得他恋恋不舍地把那根伴了他三年的拐杖留在高原的情景:上飞机前,他拿起拐杖,掂了掂,摸一摸;摸了摸,又掂一掂……他好像有许多话要说,可是最终未说什么。旁边一位同志自以为看懂了章总的心,便说:

"带上它吧,你离不开这根拐杖。"

"不,它离不开昆仑山!"

他含泪下了高原。

从此,拐杖就孤孤单单地留在了高原上,靠着墙角寂寞地站着,仿佛向人们诉说着章总的故事,还没完成的故事……

他住进了唐山医院。从住院那天起,就是他生命的最后时刻的开始。他每天靠输液维系着生命。

此时,在青藏高原上,输油管线还没有最后完工,指战员们正在奋力进行最后的拼搏。

章总觉得自己要干的工作还很多，他躺在病床上仍在考虑着自己没有来得及做的有关输油管线的一些技术上的事情，提出了一个又一个方案，画出了一张又一张图纸……

别人告诉他管线的所有工作都有了圆满的结局，请他放心。

他摇摇头，仍然继续做着他认为应该干的工作。不能写了，不能画了，他便口述，让守在身边的人代劳。他常常正口述着就突然喘得说不上话来……

他已经不久于人世了！

突然有一天，他提出他要再上一次高原，说是管线的某个地方焊接上还有点疏漏，他要去看看。同志们告诉他，所有的问题都解决得很好。他不相信，仍然固执地提出要上高原。

部队的领导理解他，特地派人拿着管线工程运行的照片来看望他，让他亲眼看看他所挂心的一切都实现了。

可他呢，这时视力已经严重衰退，什么也看不见了。

他虽然没有看见，但他很放心地走了。

临走前，他说了一句话：

"我很遗憾，我应该躺在昆仑山里休息，我的归宿在那里……"

没说完，他就死了。

据说，后来有人特地在昆仑陵园里为章总堆起了一个墓堆，里面埋的便是那根拐杖。

不过，我这次上高原专门到陵园里寻找了一番，始终未见章总的坟……

第三章　永恒的价值

"当我的脑子里对青藏高原是一片空白时，我确实连做梦都想着要到那块神奇的地方去看看，甚至做了这样的设想：双脚踏在世界屋脊上拍一张留念照，那种自豪将是无与伦比的。可是，现在我知道了青藏线是怎么一回事，我大大有一种上当之感。我问我自己，也问别人，如果我待在那里一年或者几年，那将是一生的不幸。"

此刻，1990年的盛夏，京都满城是摇动的扇子呼唤爽风的时候，在西郊总后勤部礼堂听了青藏兵站部的事迹报告后，一位不算年轻也不属年老的戴着很讲究的鸭舌帽的同志对我讲了这番话。他不愿透露真实姓名，只说自己是北京市民。我还是挺佩服他的，坦率本身就是很可爱的品质。现在有些人把自己藏得太深了。

我想：这位市民"明白"了什么呢？

对啦，青藏线不是旅游胜地。旅游怎么会死600人？

是的，他明白了这点。苦涩的明白，困惑的明白。

我不想和他争辩，也不想说什么。

我太疲劳了。我刚跋涉完4000里青藏线回到北京，脑力和体力的消耗极大。我的情绪我的思想还留在雪山银岭间,留在沙漠中的清泉里,留在昆仑山下的陵园中。我这次上青藏线是我离开那儿20多年后的一次远归,我以一个过来人的眼光看待过去曾经很熟悉现在变得十分陌生的一切。我看得很不轻松,这趟青藏线走得我心情好沉重!当然,我必须郑重地说明,我不会像那位"鸭舌帽"那样的明白,我觉得我应该在那里再生活一段不算短的时间。

几十年没有闻到过战争的硝烟了(起码我是这样),成天在美丽得像花园、平静得像深山似的环境里生活,除了知道患病可以毙命,汽车、火车、飞机、轮船等出事可以死人,还有人老了要自然淘汰见上帝外,就很少知道死人是怎么回事了。真没想到青藏线那个地方是那样残酷,600多名军人都搭进去了!

几个连?几个营?

我算不出来,也无心去算。他们都不是牺牲在战场上啊!

逝去的现实铭记的是他们,未来的历史呼唤的是他们……

礼堂东厅。

听事迹报告的人已经陆陆续续地走得只剩下稀稀落落几个人了。

我望着这个"鸭舌帽",仍然没有和他争辩的兴致。蜗牛般艰难爬行的昨天留给我们的是痛苦的记忆,是简单的诅咒就能否定得了吗!

不想争辩的我这时不知为什么向他提了一个问题:"假如你的儿子奔赴青藏线,并为开发、建设高原献出了生命,你会怎么办呢?"

他非常不友好地白了我一眼:"废话。我还没有结婚,哪来的儿子?"

噢,未婚大龄青年!

不当家不知柴米贵，不养儿不知父母恩。这就难怪了！

我想起了我见到听到的另外一些父亲、母亲，还有妻子、儿女，他们的儿子、丈夫、爸爸为青藏事业长眠于世界屋脊。应该说他们心灵遭到的打击、留下的痛楚是最深的。但是，人们看到的不仅仅是这些。

这句话无疑是十分正确的：从生者身上可以折射出死者的情操。青藏线精神是不死的！

这位老爹像乡间妇人一样，在格尔木街上长声哭诉着……

陵园里没有风。干旱烦躁的八月。
天气燥热得连沙粒都要蹦起来，遍地是沙啦沙啦的响声。
他从陕北来，是来看儿子的。
儿子几天前死于高山病，才18岁。
部队虽然把死亡通知书寄给了死者的家属，但是没有想到会有人来。所以，追悼会开过了，尸体也掩埋了。

丧事刚办过一周，死者的父亲就追上了高原。他确实是小跑着来的，快60岁的人了！

这是一位典型的陕北农民，头上扎着羊肚手巾，跑山鞋的底板足有半寸厚。脸上的皱纹像刀刻一般。这是从风浪、磨难里爬出来的一位强人，可是那天在格尔木一下火车，他就放声号哭，声音扯得长长的，就像乡间的妇人哭丧那样。这位从不皱眉头的男人何时这样哭过呢！他边哭边说："世上哪有爹哭娃的事，娃呀，你走得太急促，你为啥不拽着爹一起走呢……"

白发人哭黑发人啊!任何一个人听了都会心碎得滴血。他就这么边哭边诉说,径直走到了陵园,又跪倒在儿子的坟前更是泪涟涟地哭诉起来。

忽然,他中止了哭声。

坟地瞬间变得静悄悄的。

只见这位老爹在坟头前站得直挺挺的,不说话,也不挪步,只是木呆呆地望着远处一个什么地方,许久,许久……

后来,他双手剪在身上,在坟地里走着,看着;看着,走着……他发现了什么,站在一座坟头前看着墓碑思索着……

他来到儿子生前的军营,很理智很冷静地说了下面一番话:

"坟地里有一个死去的战士和我是老乡,我想把他和我儿子的坟移到一堆。孩子离开人世时没有一个亲人在身边,死后又一个人孤零零地躺在荒滩上,想说句话、商量个事也没有个伴儿。让他们睡在一起吧,孩子们总会睡醒的,醒了可以互相说句话。"

部队的同志答应了老人的请求。

当天,老人就和几个战士一起来到陵园把儿子的坟与那个老乡的坟挪到了一起。

他始终再没有哭一声。

从那以后,这个陵园里就出现了一个耐人深思的变化:夫妻合葬、战友合葬、老乡合葬、上下级合葬……一年一年地多起来了。

我了解到这位父亲的故事以后,除了很是理解他以外,还产生了深深的敬意。他不是为自己着想,而是为更多死去的、活着的人着想!

渺小的农人父亲,你是一个从不希望别人称自己伟大,却实实在在伟大的人!

比翼鸟留下了一只,她很孤单,
但她的心火未灭……

她的丈夫是个副团长,20年前就死了。

那次,丈夫坐着吉普车从上级机关开完会回驻地,在过铁道口时撞上了火车,据说死得很惨,半个身子被碾飞了。

从此,一个威风凛凛的、率领着长龙似的车队在世界屋脊上奔驰的汽车团副团长从地球上消失了。

喜马拉雅山没有因为少了他而矮半分,它依然高昂着桀骜不驯的头颅向人们宣告着什么。青海湖照样袒露着胸膛接纳着潮涌般的游客。

但是,她承受不了这意外的打击。当时,她明明感到喜马拉雅山坍了,青海湖陷了。她双手牵着还没有成年的三个孩子(小的才三岁啊),哭得死去活来。她拍打着大地,呼喊着苍天,哭着,哭着……

她什么时候这么伤心地哭过?从来没有过,她是一个老兵,军队的医务工作者。她是从淮海战场呛人的硝烟里走出来的,是从抗美援朝弥漫着浓烟的战壕里走出来的啊!几十年来,她和丈夫一起征战南北,走了大半个中国,他们是在战火中结成的终身伴侣。

她在他面前,既是妻子,又是战友,这样的双重身份更增进了他们的感情。可是,现在她变成了寡妇!

她从来没有想过要在丈夫这棵大树下躲避风雨,甚至在丈夫当了副团长后,她也郑重其事地对身边的同志说:"该怎么着还是怎么着,他是副团长,我仍然是医生,我不会在一夜间变成贵夫人的!"

可是,现在呢?支撑她和这个家的大树倒了,她一时变得没了主意，甚至觉得自己应该和他一起死去。

她明白了，女人活在世上是不能没有男人的！

她呼天唤地地哭着。她要把倒下去的丈夫哭得再站在她面前。可是，这是绝对不可能的事情。死去的永远死了。

从此，她辞掉了自己一直倾心热爱着的工作，变成了一个地地道道的家庭主妇。她肩上压着双重担子：既当妈妈，又当爸爸。丈夫死了，把责任和义务都留给了她。她必须养活、教育三个孩子。

脱掉戎装的巾帼英豪像乡下老太太一样普通。

慢慢地，人们把她原先那光彩的履历表忘了，这张表上只剩下了两个字：遗孀。

还有谁知道她曾经是个头戴军帽、肩扛领章的英姿飒爽的女兵？即使知道的人也无兴趣把眼前的她和昔日的她联系在一起。

最让人不能容忍的是：有的人竟然欺侮她这孤儿寡母。每当组织给予他们生活方面的一些照顾时，总会遭到一些人不屑的白眼。连她的孩子也常遭到一些不怀好意的人的刁难，他们总阴阳怪气地问道："你们怎么没有爸爸，难道是从石头缝里蹦出来的？"

一次，她到粮店去买粮，长长的队伍排得像条龙，因为家里的煤气炉上正焖着饭，她就给售粮员说明了情况，到前面先买了粮。这时马上就有人递一话："伟大的女性，你有能耐怎么不让粮店的人把粮送到你家里？你是烈属嘛！"随之而起的便是一阵哄笑。

她把刚买好的粮又倒回粮店的木柜里，扭头就小跑着回家了，到家后把火炉一关，饭也不做了，伏在床上痛哭了一场……

"死鬼，你为什么不把我也一起叫去呢？你让我活在世上受人奚落，吃人白眼。死鬼，你怎么不睁开眼看看你的妻子和你的孩子……"

静静的夜里，她蒙着头哭诉着心曲。

第二天，她照例早早地起床，打开鸡舍，清扫院子，做早餐……

有人劝她改嫁。

她不是没有动过这个心。可她离不开他呀，他和她是从战争的枪弹飞啸声中爬出来的，不容易啊！她爱他，他死后，她常常在夜深人静时拿着他那英俊魁梧的佩戴着军衔的遗像，成夜成夜地看着。每当这时，她会觉得他并没有离开自己，一切像过去一样。

记得那年刚上高原，他对她说："咱们颠沛了半辈子，这回总算到了一个安稳的地方。咱不怕苦，就在这里扎根，好好干点事。"她接上去说："一切都会好起来的，我们在昆仑山安家落户，在昆仑山里生儿育女……"

他们的宏愿还没有完全实现，他就先走了，永远地走了……

比翼鸟留下了一只，她很孤单，但她的心火未灭，心劲不减。为了丈夫的事业也为了她自己的事业，她要在高原上活下去。要让人们看看：副团长的根还在冻层雪地里萌发着新芽！

她不向一切欺侮她的人低头，她变得厉害起来了，甚至可以说很凶狠。有人不惜绞尽脑汁地给她送了一个绰号：母老虎。

起这个绰号的人也许是带着极深的贬义来讽刺她，没想到她听了倒很得意。"母老虎怎么了？老虎为王，可以让一切凌弱的人退让三分，我就是要别人怕我，看谁还敢欺侮我这孤儿寡母？！"

那些不懂人世艰难的泥猴猴们再也不敢在她的孩子面前胡言乱语了，那说不上是什么原因总是对她怀着敌意的同辈人也把那极不友好的言行收敛了。只要她在房檐口的台阶上一站，瞪起双眼，就是头牛也吓得吐了舌头……

她就是这样在高原上生活着，没有再嫁，没有离开高原。她像昆仑山畔的一棵雪松，顽强地挺立在风雪中。她要把三个孩子培养成小雪松，让他们扎根高原，干爸爸没有干完的事业。

她就是这样在高原上生活着，已经没有人记得她曾经是个在战火硝烟中拼杀过的战士，也似乎不曾记得她是一位副团长的夫人。

我忘不了我看到她时的那个形象。

那是个星期天，我准备去找她聊聊。她拒绝一切记者作家的采访，谁如果坚持要她谈情况她会拿起牦牛尾巴把你赶出去的！我还没有到她家，就看见她也从外面正往回走。那是一段坡路，她背着一袋面粉什么的，正吃力地走在坡路中间，一步一挪，头深深地勾着，几乎贴到了地面上。我似乎已经听到了她深沉的喘息声……

我不相信，就是这样一位年迈而又负荷着沉重负担的老人，怎么会用牦牛尾巴赶走我呢？我不相信。她一定很慈祥。

她继续勾着头在爬坡。那也算坡吗？充其量算个小坎坎……

卖冰棍的女孩与另一个栽树的女兵

我要说的是一伙故去的青藏线人留下的孩子们，他们和大人们一起奋力支撑着在外人看来快要倒塌的一个个家庭，避免了在我们生活中出现过的每一个人都不愿意看到的灾难。但是，外人也许不太知道，为了活下去，他们要承受精神上的痛苦。他们几乎都是这样：有苦咽在心里，有难自己克服，有愁强装笑颜……

生活使他们早熟，磨难使他们早熟。

她叫王志芬，我在格尔木见到她时她已经是20岁的大姑娘了，脸膛红红的，很聪慧，长得也壮实。现在好了，她不上学了，做临时工，是妈妈的好帮手，减轻了家里的许多负担。可是，生活的重担压在她肩上的那年，她才12岁。

12岁呀，太嫩的肩膀，太嫩的思想！

当时，在3405厂当汽车修理工的爸爸，因终年在高原干重体力劳动，积劳成疾而病故。有人说，志芬的爸爸心太狠，撇下没有成年的三个孩子，撇下没有工作的妻子，自己走了。其实，小志芬最清楚，爸爸的心一点也不狠，他在病床上的最后时刻，还念念不忘他走后留下这一大家子人咋办？他反反复复对妈妈说："我有愧呀，没有把孩子们带大。你要让他们上学，没文化将来总归是要吃亏的……"他说不下去了，他知道，没有工作的妻子不要说供孩子们念书，就连给他们糊口的钱也没有呀！可恶的病魔还是没有放过这位善良的工人，他的病情一天天恶化，最后不得不撇下了一家四口。他一定是死不瞑目的……

志芬当时正在上初中一年级，两个弟妹还很小。

怎么活下去呀！

妈妈比爸爸还要实诚，她只会偷偷地抹眼泪。这个世界对她来说真是太大太大了，她看不透，更玩不转。

组织上为了照顾这个将要崩溃的家，安排志芬的妈妈在厂里清扫垃圾，每月挣60元。

60元，四口之家吃的、喝的、穿的、用的全指靠它呀！

志芬看着妈妈满脸的愁容，她的心里装上了也许比妈妈更多的苦楚。但是，她不愿意把心事挂在脸上，她知道如果那样，妈妈会愁得一下子苍老许多。妈妈不能老呀,一家人全靠她呀!

一连几天,志芬到部队的冰棍厂去……

她没有征得妈妈的同意。每天放学以后,她骑上自行车到格尔木街上去卖冰棍。

12岁的姑娘干着本该大人干的行当。她站在路口,用羞怯怯的、稚弱的声音喊着:"卖冰棍喽!"

这是一个平时在家里说话都不敢出大声的姑娘啊!

第一次卖冰棍,挣了一元钱。

回到家里妈妈才知道女儿是想为她分担忧愁,她不知道是该笑还是该哭,只是拉着女儿的手摇过来摇过去,一句话也说不出来……

志芬天天到街上叫喊着卖冰棍,风雨无阻。一天,她放学后从冰棍厂买了二百根冰棍,卖到晚上八点钟,还有一百多根纹丝不动地躺在箱里。

街上的人已经稀稀落落,路灯亮了。

她含着伤心的泪水背着冰棍箱往厂里走去,这卖不出去的冰棍今晚是会化掉的,就会净赔10元钱。10元钱,对这个没有男人的家庭来说是一笔不小的损失呀!

厂里无人不知王家日子过得凄惶,也无人不知小志芬是个懂事的孩子。就在她进门时,刚好有几个职工带着孩子在路边乘凉,他们见志芬流着眼泪,又背着沉甸甸的冰棍箱,一切都明白了。几个职工走过去问:

"孩子,冰棍没卖完?"

志芬光是哭,不说话。

"不要发愁,咱们大伙买了,我们正好渴得盼冰棍呢!"

大家打开冰棍箱，你买五根，他要十根，没出五分钟就被抢购一空。

志芬没有来得及说声谢谢，叔叔们已撂下钱走得没影儿啦。

回到家里，她把这一切跟妈妈如实说了，娘俩抱头痛哭一场……

比起王志芬，陈雁属于另一种类型，淤积在她心头更多的是孤独、寂寞，但是人们好像没有见她哭过……

爸爸是高原汽车兵，他病故的那一年，陈雁还没有出生。所以她不知道爸爸是什么模样，在她拿着爸爸的遗像猜测时，怎么也想象不出一个活脱脱的爸爸来。

她也记不得妈妈的模样，因为她出生没多久妈妈就扔下她急不可待地改嫁了。后来有人给陈雁说过，当初人们都劝她妈妈看在孩子的分儿上不要改嫁，可妈妈就是听不进去，还说："那个死鬼能忍心扔下我，我就能忍心扔下他的种。"妈妈是个狠心的妈妈，她再嫁以后好像没有生过这个女儿似的，从不过问孩子的死活。小雁是在爷爷的怀里长大的。可以想象得出，一个没有爸爸、妈妈的小娃儿所走的路是多么凄惶，心里是多么孤单！

她15岁那年，年迈的爷爷也去世了。陈雁一时像漂泊在大海上的孤帆，不知该漂向哪儿？

妈妈早就有了新窝，不会要她的。

多年的磨难使陈雁学会了思考，她思来想去，决定上青藏线。那里是爸爸曾经工作过的地方，那里有爸爸的墓。对一个无家可归的孤儿来说，爸爸的坟墓就是家。

陈雁虽小但有主意！

她在当地政府的帮助下找到了青藏兵站部,部队领导接见了她,很乐意地收下了这个孤儿。从此,她成了一名女兵,在通讯站工作。

她才16岁。

她穿上军装后的第一件事就是去给爸爸扫墓。可是,十几年了,到了陵园,谁也说不清爸爸的墓具体在哪块地方。她知道高原上的风沙暴雪很厉害,也许早把爸爸的墓荡平了吧!给她带路的一位老同志瞅瞅远处,又瞄瞄近处,然后指了指脚下一块凹凸不平的地方说:"可能就是这个地方。"

小陈雁在这个地方栽下了一棵白杨树。白杨树就是爸爸的坟。

戈壁滩缺雨,这棵白杨树竟然活下来了。有人说,那是春旱最较劲的时候,一位年轻人在夜里用汽车拉了一桶水浇在了白杨树坑里。不知这个人是谁,反正不会是陈雁,她住在西宁,离爸爸的坟有八百多公里呢!

第二年,她给爸爸扫墓时又栽下了一棵白杨树。干旱的薄土照样留住了这棵树。

两棵白杨树扎根在戈壁滩上,青青的翠绿给高原绣上了春色。

两年的军营生活对陈雁的锻炼是深沉的,她不仅长了两岁,也成熟了不少。这,可以由那被高原的风吹黑了的脸庞做证。她说:"我哪儿也不去,青藏线就是我的家,我就是高原的女儿。我现在很想到军校去学习几年,学完了,我还会回到高原的。真的!"

我相信她的话,她肯定会回来的。因为她爸爸的坟在戈壁滩上,那儿有她亲手栽的白杨树……

高原虽在沉睡,但爸爸会醒来的。

她没有把爸爸的尸体当跳板

在高原和北京之间,她毅然地选择了前者。

在青藏线上,有个几乎人人都知道的名词:跳槽。

意思是要设法从高原上跳出去,到别的什么地方去落脚。跳到哪儿都比在青藏线强,高原是个鬼地方。

这个叫金再红的姑娘似乎比谁都具有这种"跳槽"的条件,起码有两次机会,她可以毫不费力气地跳出去。但是她没有跳,脚跟像焊在昆仑山上似的依旧牢牢地站着。

她的爸爸金焕章是一位在青藏线上人人都知道的汽车营模范营长,他率领全营车队在穷山恶水间奔驰了近10年,把一批又一批建设器材、战备物资运往西藏和边防。后来,他在一次值勤中以身殉职,血洒边疆,献出了宝贵的生命。据知情人讲,金营长在临咽气前留给人世的最后一句话是:"我应该做的事情还很多,很多……"

金营长是带着遗憾去的。

金再红的肩上落着父辈的责任。她曾多次说过,我要在爸爸倒下去的地方干下去,不能叫他在九泉之下永远遗憾。高原在召唤我。

那些年,有些人把"烈属"的称谓,甚至连亲人在"文革"中受过迫害都作为资本或一种"跳板",向组织伸手,讨价还价,从而迈向所谓的"理想之岸"。

对于这种将神圣的革命事业亵渎成廉价买卖的低下做法,金再红十分腻歪。她说:"父亲的鲜血是纯洁的,如同昆仑山上的白雪一样洁净。我没有任何权利去玷污它,去换取个人的什么目的。"

她就这样放过了两次"跳槽"的机会,完全是心甘情愿的,是令人自豪的。

第一次：那年，她高中毕业了，凭她的学习成绩和品德，报考大学是十拿九稳的事。老师是这么想的，妈妈也希望女儿迈进大学的门槛，这样她就能在大学毕业后分配到内地去工作。可是，出乎老师和亲人们的意料，金再红报名参了军，去了爸爸生前工作过的部队。有人为她惋惜："舍弃上大学的机会你就很难离开高原了。"她回答得十分干脆："青藏高原也是祖国的疆土，我不下去，我就在这里扎根了。"

第二次：正在她服兵役期间，妈妈暗中托人在北京给她找了个单位。她被蒙在鼓里，天塌下来也没有人告诉她。只是有一天，部队的领导对她说："来了个调令，要你到北京去工作。"领导说这话时表现出一副漫不经心的样子，或者确切地说是一种鄙视。金再红受不了啦，她赶忙向领导作了说明："我什么也不知道，我哪儿也不去，我就在高原上当兵。"于是，这个调令变成了一张废纸。

妈妈生气了，数落她："再红，你疯啦？北京那地方多少人挤破脑袋也钻不进呢！你不要忘了，你爸爸把命都撂在了高原上，你还嫌不够，也要在那儿赔上你的小命不成？"

她说："正因为我记着爸爸，还有爸爸的遗嘱，我才下定决心不离开青藏线。"

她成熟了。她坚信自己的前途是充满活力的星光大道。

她总要摸摸索索地为儿子糊冬衣

我无论如何没有想到，在这个山旮旯里几乎人人都知道有个青藏线。尽管这里有一长溜电线杆，家家户户的屋顶上也插着渔网似的天线，但我仍然不会相信它可以通到青藏高原。

30年前，从这个小山村走出一个18岁的青年人，到青藏高原当了兵，一年后他在一次大雪封山时英勇献身。山里人都知道了那个最远最高最冷的地方很可怕，把他们一个年轻英俊的小伙子吞噬了。

那之后，他的名字成了一种光荣、骄傲的象征，激励着这一代山村人，还将激励下一代更多的人。

我有幸见到了他的母亲，这是一位双目失明、70岁高龄的老人，老伴五年前去世，她孤身度日。她生了两个男孩，老大牺牲在抗美援朝战场上，老二在中国西部献身。

她是一位英雄母亲，她擦干了失去亲生骨肉的泪水后用女人坚强不屈的肩膀挑起了生活的重担。她的肩膀有凝重的痛苦和轻盈的欢乐。老伴过世后，她的日子更艰难。由于政府和邻里们对她的照顾，她不用发愁温饱问题。

然而，失去儿子后心头的空虚和痛苦，这是任何办法都无法填补的。

冬天的傍晚——她总是很奇怪，仅仅在冬天的傍晚——常常站在村头向西眺望，她能看见什么呢，一位双目失明的老人。可是她望着，望着，一动不动，像一座尊严的雕像。

冬天，青藏高原上正落着铺天盖地的大雪。她的儿子躺在那冰天雪地里一定很冷很冷。

老人每年冬天都要让人买十元钱的纸，摸摸索索地糊成冬衣，为两个儿子烧了。她说："天气这么冷，孩子们哪来钱添衣服啊！

他们走时都还是兵,每月就六元钱的津贴,现在什么都涨价,经不住花销!"

年年冬天老人都不忘为儿子送寒衣,她的行为感动了乡亲们,大伙都买来纸为老人的儿子做寒衣。

老人的身体明显地一年不如一年了,我见到她时她已经有两年大门不出二门不迈了。人到了这把年纪思儿之心比任何时候都要强烈。近年来,老人逢人就是叨叨一件事:要设法把小儿子的坟迁回老家,她天年以后要和孩子躺在一起。可是乡亲们谁也无法满足老人的这个要求。就那么容易吗?青藏线离这个山村多远呀,再说30年了,儿子在何处埋着,恐怕连最老的"老高原"也说不上来!

我见到老人时,果然她又提及此事,还说,如果迁娃儿的坟有困难,那就让她去一趟高原,车费她出,不麻烦公家。她这些年积攒的钱足可以买一张去高原的火车票。她到了高原就不回来了,闭眼、伸腿,全在那里,和儿子在一起,她心里才坦然。

我听着心里酸酸的,赶忙阻止老人别再说下去,我只告诉她:"现在青藏线上的情况好多了,路是柏油马路,营房是高层建筑,部队的生活也有了很大改善……"

我知道这些话对老人那受伤的心不会有多少安慰,所以我讲得并不理直气壮。出乎我意料的是,她听后,那深深的眼眶里溢出了在我看来非常欣慰的笑,我相信这样的笑在老人脸上恐怕很久没有出现了。

我很后悔,一种心灵受到谴责的后悔。为什么我没有告诉她老人家在青藏线上连个像样的烈士陵园都没有。还有,她的儿子照例是没有"资格"进烈士陵园的。我不知道,如果我这么讲了,老人家会作何感想,还会笑吗?

我想,青藏线精神应该包括这位孤寡老人的笑,还有千百个把亲人送到青藏高原的父母、妻子、儿女的苦涩。

是的,天下人应该永远记着这些默默奉献的人们。

活着的青藏线人一定会为这位母亲而骄傲。

我该住笔了。

还用得着再写下去吗?

青藏线人用自己的宝贵生命在死亡线上开拓出的人生里程是永恒的。历史也许不会记着他们每一个人的名字,但是绝不会把他们的价值抹掉。

写完这篇报告文学初稿的那个早晨,格尔木地区突然下了一场六月雪,世界仿佛都变得异常圣洁。我的心劲特别大,特地到茫茫雪原去漫步,是寻觅,也是思考。

我知道草原上的篝火已经熄灭,可是雪山上的脚印还在,吹响的军号还在回荡,歌声也没有中断。

这是世界屋脊上的声音。

我踏雪走出去好远好远了,我还在寻觅……

雪原上的春天快要来了,小陈雁栽下的树必将变成林带,那是一个冻不僵的春天里的童话。

我在想:那些已经故去了的团长、营长、连长、排长、战士、职工……坟草青青,野花血红。中国西部这块不沉的高地上的最忠诚的儿子,他们僵硬的躯体是一座座石质的雕像。

我也在想:那些亡者的妻子、儿女、父母,他们的日子也许十分艰难，可是他们的心音十分洪亮：死，不可怕，怕死还叫青藏线人吗？

我在积雪的荒原上漫步，昆仑山必将被我踩在脚下。但是我永远高不过昆仑山。

据说世界上有四大"死亡谷"，人们只要误入其中，就很难有生还的希望。一是在印尼爪哇岛；二是在美国加利福尼亚州和内华达州之间；三是在苏联堪察加半岛的一个自然保护区；四是在意大利那不勒斯和瓦维尔诺湖附近。要我说，中国的青藏高原是否也算一个？不同的是，我们的战士走进这个"死亡谷"，不但没有被吞噬，反而能顽强地活下去。当然也有被吞噬掉的，但是，他们死了，也直挺挺地站立着。

我在寻觅中理解了青藏线。这儿的每块石头都是一支歌，这里的每棵小草都是一个路标。

我在期待中相信自己。人生虽然这样匆忙，但我绝不悲伤。

我希望再下场大雪，因为雪是春的门帘……

女人,世界屋脊上新鲜的太阳

这是实实在在的,带着阿尔顿曲克草原牧草气味的道理:没有女人的世界不是完整的世界。青藏线上少了女人是拴不住男人的心的。

不是现在,而是在新中国成立初期,修筑青藏公路的总指挥慕生忠将军就有了这个认识。作为领导人,他是开悟比较早的。那时候,筑路大军是靠成千上万的骆驼拉人运物,挺进世界屋脊的。没有青藏公路之前,青海到西藏是一条"驼路"。使慕将军非常伤脑筋的是,公路修了还不到一半,拉骆驼的人就大量逃亡,他们卷起铺盖回老家了。原因很简单,这些从内地来的驼工们担心公路通了会让自己在高原上扎根,可他们老家还有妻室儿女呢!

娘的,谁规定的妻室儿女非得在内地,高原的水土就不能生儿育女?

慕将军又骂人了。

于是，这位昔日解放西藏的将军，今日领导筑路的总指挥，不得不分出相当的精力做"拴心留人"的工作。他十分热情地到驼工们的帐篷去串门，聊家常，知道谁娶了婆姨，就劝人家把家属带到格尔木来住。大家见总指挥"来者不善"就把娶婆姨的事隐瞒了。只有一个从宁夏来的老实巴交的回族汉子马珍说了实话，他告诉慕生忠自己有婆姨。慕将军一听，眼里闪出了光彩。他又进一步了解到这个马珍是名党员，当过武工队员，新中国成立后还当过几天区长。慕将军对马珍说：

"伙计，把婆姨搬来吧，格尔木需要多建几个有老婆孩子热炕头的家。"

"我不傻，这鬼地方，连兔子都不来拉屎，谁愿带家属谁带去。"

慕生忠把脸一拉，说：

"让谁带？你是共产党员，就是要带这个头。格尔木将来是要变成美丽的大花园的！"

马珍无话可说了。党员这两个字眼最圣洁不过了。

马珍动身回家搬妻前，慕生忠以酒相送，说："伙计，咱这一代人是昆仑山的先人。你把婆姨接来好好干，一定要干出个儿子来，长大后建设格尔木。你今年30岁了吧，如果连个儿子都干不出来，算什么本事？我替你想好了，生下老大叫纳赤台，老二叫昆仑。来，为你的儿子们干一杯！"

高原上来一个女人就这样难！这还是在格尔木，后来被人称为"小上海"的地方。

"青藏高原是女人不能去的地方！"

这话在高原上流传了几十年。1990年夏天，当我重返青藏线站在昆仑山口的这个海拔 4767 米的地方时，我又真真切切地听到一位在昆仑山里工作了几十年的仓库领导这样说。

但是，随之他又摇了摇头。

是的，他不能自圆其说，我也不能自圆其说。当初，有人把青藏高原称为"魔域"和"生命禁区"的时候，那是包括男性在内的任何人都难以在这里长期生活。后来呢，男性们踏进了这块"禁区"，不但住下了，而且还改造着它。没有禁住男人，现在又要禁女人。禁得住吗？

我可以肯定地说：就在这位仓库领导的脚下，昔日埋葬过女人的尸体，现在仍然回响着征战青藏的女性们的笑声。

女人柔嫩的肩膀与男人一起扛着昆仑山，一起掂着雪水河。从某种意义上讲，她们奋战高原的价值大于男性。她们可以反过来自豪地说：女人到了不准男人去的地方！

青藏高原上的每一个女人，都是一颗新鲜的太阳，一道美丽的曲线，都流溢着高原人的坚强、豪爽，还有美的诱惑。

人们认识青藏线人是从女人开始的。昨天、今天概莫能外……

这是我和与我同行的几位男士们绝对没有料到的事。不客气地说，这位女士把我们的心搓得好苦。当然，苦也是一种韵味。

总之，男子汉输了。

她居然悠悠哉哉没灾没病地上了唐古拉山。难道是在爬家门口的那座土堆吗？她仿佛没费什么大劲就飘上去了。5231 米啊！山高显神威，她好得意，抡胳膊甩腿的，那神气分明是在向我们炫耀："这里是属于我的世界！"不可一世。

她高兴得要飞起来了,这会儿蹦蹦跳跳地窜上了一座山包,像得胜的将军,眯起眼睛,望着远处日光下长江源头那金箔似的涓涓溪流。然后,像朗诵诗一般大声宣布道:

"长——江——是——我——的——"

拖得久长长的回声比她的原音还有气势,还自豪。

我们的脸好红!因为这时有两位男同志被高山病折磨得正躺在山下的沱沱河兵站。其余的男士们虽然上了山,可一个个蔫头耷脑的,走路气短,坐下腿软,狼狈透了!

这位骄傲得意的女士叫郑永菊,24岁,某仓库的一位职工,是我们这次"青藏文学创作笔会"的小字辈,颇有名气的小诗人。她长得秀气、白净,再配上那适中的苗条个儿,很容易让人想到苏杭一带姑娘的秀美身姿。可是,她是地地道道的中原大地上的乡间姑娘。就是这样一个表面看来难经风吹雨打的女子,竟然接纳了唐古拉山的野气。在这个风雪肆虐的青藏线上大显身手,连男子汉都望尘莫及!

更使人难以料到的是一桌丰盛的酒菜也成为拉开我们和郑永菊之间档次的试金石。沱沱河兵站的同志够费心了,把长江源头所能搜集到的山珍海味都弄来了,还特地从沱沱河里新捞了几条活鱼,为我们做了一盆鲜嫩嫩的鱼汤。鱼汤特有的醇香扑鼻而来,围桌而坐的我们几个男士却食欲不佳,看着那鲜鱼汤就像在内地看到一碟腌萝卜一样,没什么食欲。唯独郑永菊操起调羹喝得吱吱带响,四座大惊。那情景好像八辈子鱼味没沾嘴唇一样。她一边喝还一边感慨:"口福,口福!俺在河南啥时吃过这等鲜鱼!"其他人都成了她名副其实的"陪客",只能干看、干听她说。她很聪明,立马就

看出了座邻们的窘态,撂下调羹,端起高脚酒杯,斟得满满的,扬起嗓门说:

"来呀,先生们,不能吃鱼,咱们干杯!"

无人去端酒杯与她相碰,一少力气,二缺雅兴。

天啊,这个小郑不是在吊大家的胃口,而是射来了一支"暗箭":"饭菜不能吃,白酒不敢喝,看你们男士还有什么威风可抖!"

她要把男人们彻头彻尾地挤垮!

无风哪有浪?她是在报"一箭之仇"哩!

那天夜里,我们住在昆仑山下时,对她说:"小郑,唐古拉山是个倔强汉子,最不愿意接收女人的脚印,你待在这儿老老实实地等着我们回来,一起回西宁吧。"

她先是撇嘴,后是怒视,好一个骄傲的公主!

现在,我们败下了阵。活该。

小郑得胜回站房后,没有忘记正事。她把我们几个半死不活的高山症患者扔在客房里,自己拿上采访本到藏族同胞家里做客去了。

会生活的人,总是把生活经营得多姿多彩。

第二天清晨,她创作的一首写在纸烟盒上的散文诗就出笼了——

  昆仑山的冰雪疯狂地拥抱我,唐古拉山的缺氧气流无情地吞噬我,戈壁滩的沙石猛烈地撞击我……

  谁说我是弱女子!

  在昆仑山口我捧团六月雪,对准了照相机的镜头,那笑,多美,多甜;在风火山中那青石做的路碑上,我摆上

10个戈壁小石子,组成的是一幅漂亮精美的图案;在唐古拉山上我右手挽着长江源头,左手牵着黄河源头,很洒脱地走了个慢四步。

谁说我是弱女子!

睡在源头宾馆,我伸手,抓一把圆月的银鳞;低头,溅一脸沱沱河的玉珠,氧气被褥裹着我进入梦海。在海边,我拾了好多贝壳。

谁说我是弱女子!

我饮下的是长江源头的水,它渗进了我的身心灵魂。长江属于我,我属于长江。长江多伟大,我也有多伟大!

……

这就是小郑的诗。

我读了几遍,仿佛捧着一杯好酒。不会喝酒的人,对再好的酒都是敬而远之。我从来酒不沾唇,可是对于小郑这"酒"爱恋不够。我想,有了这样的好酒,生命准会变得芳香。女人的生命、男人的生命都会变得芳香。

但是,我仍然对她有点琢磨不透。她在唐古拉山的表现太出众了,太让人感到意外了。要不是我亲眼见到,任何栩栩如生的描述都不能使我相信真有其事。

下山那天,我终于按捺不住心头的激动,对她说:"你能不能用最简洁的一句话告诉我,你靠的什么神灵能在让一些人腿肚发软的唐古拉山上表现得这样勇敢?"

她似乎连想都没有想就回答我:"我不是想炫耀,只是想告诉人们，我是一个可以在世界屋脊上站起来的女性。"

我似乎还没听太明白，又问："你能否说得具体点儿吗？"

她抬头望了望唐古拉山巅那一片盖帽的白雪，不紧不慢地说：

"这次出发前，我读了不少写青藏高原的报道和文艺作品，总的感觉是，那些秀才们太小看自己也太小看别人了，他们把这块地方写得那么可怕，仿佛除了神鬼可以光临外，任何人都不敢涉足。我是不信这个邪的。从新中国成立初期到现在，已经有两代人在这个所谓的'生命禁区'生活、工作。当然，这些'昆仑山人'付出的代价是昂贵的，有的甚至献出了宝贵的生命。我想，我应该到昆仑山去，到唐古拉山去，到喜马拉雅山去。这就是我的全部想法，说简单也简单，说复杂也复杂。"

我明白了是一种"精神"在支撑着她。这不是玩命，"精神"和"玩命"是两种不同的概念，截然不同。有了这种"精神"，弱者可以成为强者，郑永菊可以变得比人们印象中的郑永菊高大。

我突然想起了一个细节：在沱沱河兵站的那天夜里，小郑去了一趟卫生所，据说她是找医生索要治疗高山反应的药……

噢，高山反应也在折磨她？可是，我们这一帮粗心的男人怎么就没有看出来呢！

难道就因为她没有躺倒？只有躺倒才是高山反应吗？

至此，我才真正明白了许多本该早就明白的道理。我开悟了！这个开悟使我想起了许多在高原奋力拼搏的人。女性们似乎更是如此。

由于苦斗，人生才那么灿烂；由于苦斗，牺牲也变成了人们的一种追求。

人站起来了,世界屋脊就低了。

郑永菊,你恐怕没有想到吧,你上了一次唐古拉山,对我这个"老高原"就有这么多的启迪。真的拜你为师了!

第一章　缺氧的哲理

无水区有一条女人河

——题记

唐古拉山镶刻着一个女人瘦小的脚印

我站在温泉兵站的旧址上，一种莫名其妙的惆怅、凄凉咬着我的胸膛。

当年那个兵站呢？车场不见了，小路消失了，山坡上牧民的帐篷也飘走了。留下的几间房屋已烟断灶冷，屋前的场子上布满了石头、砖头，还有残留下的一摊摊锈得沉甸甸的灰烬……

高原正午的太阳烧在天上，用她那刺人的射线照着这空荡荡的遗址。我听到了阳光射在地上的吱吱声。卷着雪粒的风不时地从残垣断壁上吹过，呜呜地呼啸着，好像在低吟着一支遥远的歌。

这还是留在我记忆中的那个小镇吗？在遥远而又模糊的地平线上还有那个热热闹闹给人安慰的温泉兵站吗？

20世纪60年代初期，这块山间平坝上排列着两行整整齐齐的像窑洞的圆木房。清晨，上下唐古拉山的车辆、行人从这儿起程后，整个白天都静悄悄的，几乎没有人迹。只有到了傍晚，进出西藏的车辆、旅人又来此投宿时，这里才开始沉浸于每天第二次的热闹喧哗气氛之中。有人称它是雪山新村，有人叫它温泉小街。依我说，它就是个食宿小店——温泉兵站。

可是，现在呢，一切都荡平了，一切都消失了，一切都变成追不回的昨天的月亮。只有温泉河在不知疲倦地吼着，只有不甘寂寞的冷风在不厌其烦地叹息！

昔日一个热闹非凡的小镇的倾圮，无疑标志着青藏线向前迈进了一步。因为遗址不仅是历史的回音，还常常折射着明天的远景。

此时此刻，我的思绪坠入了被风尘淹没了的昨天的画卷中：那是一个女人艰难地踏在唐古拉山上的脚步声……

我们这些跑车的司机生活太单调了，一年最起码有十个月的时光是被轮胎碾碎在公路上的。枯燥、寂寞，不足三平方米的驾驶室是我们最广阔的天地。何日到头，可以走出驾驶室在无垠的草原上呼吸一口新鲜空气？

记不清是一个漫着雪雾的早晨，还是一个吼着狂风的傍晚，我们踏进温泉兵站的食堂突然看见了她——

她没有穿红挂绿，只是一身白净的工作服大褂，很得体、很惹眼，因而使她的身段显得格外周正、大方；人也长得并不十分出众，但绝对是属于那种精明、利索的女人，尤其是脸上那缕仿佛永远也抹不掉的笑容，使她具有一种别的女性无法相比的动人的美丽。

在这一瞬间，汽车兵们的眼睛一下子全亮了！他们一个个怔怔地站在地上，不错眼地盯着某一个地方……

她是青藏线兵站里出现的第一个女性。在任何时候，第一都有一种不可抵挡的魅力！

雪山有了诱人的色彩。

她是个炊事员，也是招待员。那时候，兵站的同志都是做饭、接待兼而干之。每次，汽车兵一进食堂首先看到的总是她，她在忙着为就餐者擦洗桌凳，忙着给大家端饭送汤。她不必嘘寒问暖，光是那一缕微微的笑容就把就餐者浑身的疲惫、心田的枯燥熨得平展展的。她没有多少话语，她的话语全转移到那双勤快麻利的手上了。

我在这里不能不把温泉这个地方做个简单的介绍：海拔5000米，空气稀薄得即使你攥着空拳走路也气短得像抽风箱。水，在这儿不到六十度就沸腾了；饭，在这做不熟就得出锅。可以毫不夸张地说，许多人就是过不了世界屋脊这条"死亡线"而永远地倒在了这里。

她的出现，尤其是她热情周到的服务使这个存在着明显缺憾的地方变得诱人了。有个调皮的驾驶员说："我在青藏线跑了五年车，今天才觉得'温泉'这个地名是名副其实的。"

完全是言过其实的玩笑话。

她已经在高原战士的心里激起了不逝的灿烂。

每天，她都要到兵站旁边的温泉河去打水。打来的水除了做饭烧水外，还送到车场让司机们洗手、洗车、灌水箱。她拎着一桶水吃力地走着，有时不得不把水桶放在地上歇息一会儿，再走。后来，有个司机告诉她：找个扁担去吧，挑水比提水省劲。于是，她又天天挑着一担水走在雪原上，还是显得那么吃力……

我多次看到过她挑水时艰难迈步的身影。我总是这样想：她瘦弱的身躯里储藏着多少惊人的力气！

非常出乎我意料的一件事：我们连里的一台车在唐古拉山半山腰抛锚了，我们几个人鼓捣了老半天也弄不好。天黑了，大家饿得肠子拧绳绳。就在这时，她和兵站两个战士上山送饭来了。她脱下了平时不离身的那件工作服，穿一件花格棉袄，在车灯的照映下显得那样娇柔、瘦小，好像换了一个人似的。同时，我也发现，她的美丽、漂亮因为这身花棉袄而陡增几分。在我们这些山野抛锚人心里像燃起了一团火一样的热烈。我们很快就把故障排除掉，与送饭人一起下了山。奇怪吗？原先这车的毛病是怎么也整治不好的！

下山时我们特地腾出驾驶室的一个位子，让给她坐。我们几个小伙子坐在大厢里神侃穷聊。最后，我们像发咒似的这样议论：她在高原上是待不久的，她会很快下山的。

我们一致的想法是高原这个"鬼地方"留不住这样漂亮的女人的！

然而，我们错了。一个月过去了，她没有走；三个月过去了，她还没有走。半年过去了，一年过去了，她仍然在温泉兵站里忙忙碌碌，不辞辛劳地干着活。只是我们发现她的脸变得越来越黑红了，这是高原的紫外线馈赠给她的。

我们放心了。因为谁都巴不得她能长期住在这里。这是我们的心里话，尽管谁都明白这样对她意味着什么。

汽车兵带着她的盛情在山山水水间奔驰。过祁连，上昆仑。车轮鼓起一阵大风，好不神气。在线上奔忙的司机们人人心里都揣着一个美好的愿望：早一天赶到温泉兵站去投宿。那儿有静静的，可以酣睡的港湾；那儿有青青的，可以抚摸人心的小草！

谁也不知道她的名字，也没有人打听她叫什么。战士们都不约而同地叫她"大姐"，叫大姐比什么都亲，叫大姐最能表达当兵的深情。大姐，你好！

她仍然那样悄没声地每天忙乎着，打水、做饭、招待……

雪山是她的骨架，冰河是她的情感。

山路虽显得平平缓缓，大姐也走得疲惫了。

那是一个清晨，纷纷扬扬的一场大雪把唐古拉山覆盖得没有一条缝，天地间一片洁白。

雪原上，有一个黑点在蠕动，那就是她。她在背冰，冰河冻结了，她一趟又一趟地把冰敲下来背回兵站，化冰取水。站上一时一刻都离不开水啊！

那天，她整整背了一天冰。圆木房里都垒起了一座小冰山。这些冰足够用上两三天了。

"为啥要攒这么多冰？"有司机疑惑地问。

她的眼圈红红的，对紧紧围着她的那些穿着油渍渍工作服的司机们说：

"我就要离开温泉了，这是最后一次背冰。"

"离开？为啥？"大家七嘴八舌地发问。

"他病了，是高山病，病情可重了，要回老家去治疗。"

她说的"他"，指的是自己的爱人，兵站的一位职工。当时他已经下山到格尔木去住院了。

原来，大姐是在站最后一班岗啊！

她就是这样离开唐古拉山的。走的那天流着眼泪，眼圈红红的。她对大家说："我回去后就不会再上高原了，会给同志们写信的。你们都是些苦人儿，没人心疼你们，知冷知热的要自己多操心。希望你们都找一个好媳妇，一个男子汉没有贴着心的女人是不行的，尤其是在这个地方……"

她说了好多，好多。不知为什么，这个平时沉默寡言的女人一下子有了说不完的话。

那天送大姐的人，没有不流泪的。

据说，从那以后，温泉兵站就断了女人。直到这个兵站从青藏线的版图上消失，这里再没有长住过女性。当然，住半天一宿的过路客是有的。人家走时还留下一句话：这辈子再也不想来温泉兵站了！

我非常钦佩大姐，她把女人瘦小却坚强的脚印，沉甸甸地印在了这个被一些人称为"禁区"的地方。她给高原人干枯的心田里注入了滋润。

脚印，是她的心声，也是一块巨石。

我不由自主地又想到了郑永菊，她不正是踏着大姐留在高原上的脚印，才走出了那么轻巧的舞姿般的步伐吗！

大姐，你现在在哪里？我想你该是小六十岁的人了吧！

她应该拥有一座昆仑山

肩膀上的那副大校军衔，使她平添几分威风。这是目前青藏兵站部最高的军衔，而她仅是个军医，普普通通的女军人。她凭自己奋斗高原的资历赢得荣誉。

她叫周桂珍,在青藏线上待了整整35年。19~53岁,这是人生中最辉煌最金贵的一段岁月。她把青春丢在了风雪青藏线上。我见到她时,她虽然显得苍老,但很结实,很像个藏族老妇人。昆仑山那缓慢的岁月给她的脸上落下了沉甸甸的痕迹。53岁了啊!

青藏线今天的繁荣是她和像她这样的第一代昆仑人用肩膀驮来的。

1956年,她19岁。在这个富有浪漫幻想的年龄,她做了一次最浪漫的选择,告别了桂林叠彩山下的故乡,来到了最高最远的世界屋脊。也许小桂珍把这个选择当成了一次最有诗情画意的旅行。你听,她和领导当时的对话:

"小周,格尔木要新建个医院,我们这里要选派一批同志去那里。当然你是我们准备要派去的预选对象。但是,你如果在内地已经有了男朋友,就可以留下来。"

"谁有男朋友?羞死了!我去。早就巴望着上青藏高原呢!"

这个周桂珍,怎么搞的嘛!她明明有个男朋友在西安,还说羞死了。只要她哪怕是小声小气地含含糊糊地说一句"有了",她就不会被派到格尔木。

领导宣布派她去格尔木以后,她才如梦初醒似的问大家:"格尔木在什么地方?"

谁也说不上来,人们对那个世界太陌生了。

家里人听说她要去格尔木,还以为她要出国呢,惊恐了好一阵子。

的确,那时候谁知道中国还有这么个地方。再说"格尔木"这名字也很像外国名。她和男朋友一起在地图的角角落落"深翻"了一遍，就是没有找到"格尔木"三个字。男朋友安慰她说：

"没关系，你先去，我随后就跟着去给你做伴。"

周桂珍心里好暖，"这才叫爱情呢！"不过，这话她没说出口，只是在心里默诵着罢了。爱情这东西，意会比言传更有味。亮出来是一杯开水，捂着是一坛醇酒。真的！

她要去的单位就是现在坐落在昆仑山下的格尔木22医院。那阵子，医院还不知在哪位设计师的脑袋里装着没出世呢，呈现在周桂珍面前的是一片高高矮矮、错落不齐的帐篷，连一间房屋都没有。内科帐篷、外科帐篷、病号帐篷、生活帐篷、会议帐篷……在这诸多的帐篷中，作为寝室的帐篷大概是最富有色彩的，院长、政委、主任、医生、护士、司机、炊事员全挤在一堆。当然，女同志例外，她们单独集中在一个帐篷里。那里完全是另外一个世界。

周桂珍在30多年后给我回忆起当时的情景时还是那么绘声绘色，那么激动——

女人们总是多事的。当然不仅指她们爱唠叨爱缠绵的天性，而且还指她们的生理，这事那事，今天你来了，明天她有了，男人们是永远享受不到的。真怪，到高原的头一个月，好像一道命令一样，十多个女士的例假全部提前光临。你瞧，挂在帐篷里牦牛绳上的那些专用品，像商店里的女性专柜一样丰富多彩。虽不雅观，可谁还有心劲顾得了这些！再说女子世界里的摆设外人也看不见。她们忙忙碌碌一天，身上每个细胞里的精力似乎都被耗得一干二净，回到帐篷里，脚不洗，脸不擦，倒头就睡，睡下就打鼾。人乏好睡觉嘛！

荒原上的巨风能淤塞住春天？她不信。

一个暴风雪的夜晚，周桂珍朦朦胧胧地觉得自己的身子好像离开了地面，轻飘飘地跟着一股不知名的力量飞了起来……开始还挺悠游自在，很快就像打滚似的乱撞乱碰起来，好疼，好晕！五脏六腑仿佛被颠得都快倾倒出来了！

糟糕！帐篷被风掀上了天。

就在她刚刚明白是怎么回事的一瞬间，一切都晚了，只听嘎巴一声，帐篷拔地而起，荒原的暴风雪一下子拧成一股强劲的冲击波扑向她。她失去了平衡，成了旋涡里的中心点……

整个地球好像都失去了平衡。

但是，她的意识非常清醒：抓住帐篷！必须抓住！

时间过去几十年了，周桂珍提起此事时，带着明显的不以为然的口气对我说："'抓住帐篷'真有意思！人都快毁了，帐篷有何用？对啦，那时候我们这些小青年的思想非常单纯又坚定：人在，帐篷就在！"

她笑了，笑得十分开心。

她还真行，不晓得从哪来的一股"回大之力"，竟然奇迹般地抓住了帐篷的一个角角。帐篷并没有因为她的撕拽而着陆，仍然拖着她继续"飞行"。速度很快，越来越快。

耳旁掠过震痛耳膜的呼啸声。好像不是风，而是飞机的声音。其实，她从来没有坐过飞机，只是猜测飞机就应该是这样的声音。坐在飞机上的人大概就是眼下她尝到的这种滋味吧。

她死死地抓住帐篷，说什么也不松手，绝对不松手。

不知"飞"了多长时间，她被帐篷牵着连走带拽地到了格尔木河边，停住了。是被什么东西绊住了吗？什么也没有呀！比如树木，比如沟呀坎呀什么的，都没有。

直到现在,她也弄不明白是什么东西救了她,才没有让她无休无止地"飞"下去。

她端端正正地落到了河中心。

正是隆冬,又在深夜,昆仑山中的寒冷可想而知。天地间漆黑一片,啥也看不见,周桂珍坐在厚墩墩的冰层上似乎还听到了冰面下流水的潺潺声。那是一种遥远的、难以捉摸的声音,说它来自地球之外也不夸张。听起来很吓人。她想站起来,可是身子怎么也动不了,冻的?累的?吓的?她不知道。

右腿髌骨骨折——这是她后来才知道的。当时除了痛还是痛,浑身瘫软,站不起来。她只好爬,双手撑地爬行。多有意思,她在20世纪60年代回到爬行时代生活了一阵子。

并不是每个人都有这种"待遇"呀!连她也记不清爬了多长时间,才爬到了河边。原来帐篷也在这儿瘫着,她一把抓住那结了冰的绳索,好像怕它再飞走似的。在格尔木,帐篷是会飞的。她的担心是多余的。医院来找她的同志这时已经赶到了格尔木河边。

天色大亮。因为雪没有完全停,仍然是两三米外啥也看不清。

直到这时候,周桂珍才明白了一件事:并不是所有人都碰到了她这样的遭遇——胆战心惊地坐了一趟"飞机",就她一个人被大风雪卷到了郊野。还有,刮暴风雪时她不是在地铺上睡觉,而是在帐篷里值班。

一切都是瞬间发生的。她有生以来就坐了这一回"飞机"。真正坐飞机是什么滋味,她从来没品尝过,也不想再品尝了。

格尔木22医院由小到大,帐篷变大楼,周桂珍是见证人。这个医院是从她的瞳仁里长大的啊!在青藏线上,在中国,有多少这样的历史见证人,他们既是开拓者的子孙,又是开拓者的先人。

35年,弹指一挥。

当年的那个19岁的、不敢说自己已经有了男朋友的少女,早已被光阴的浪潮冲刷得无影无踪了,时间雕刻出了另外一个周桂珍。此刻坐在我面前的是一位昆仑老人,不,她是一位大校军官。她的两颊被高原的紫外线涂染得红艳艳的,面部浅表毛细血管呈放射状破裂。高原上的人不管是男是女,一概如此。两鬓的霜斑、额头的皱纹,是昆仑寒风对她的慷慨、殷勤的馈赠。唯有那双目光,那样的有神,那样的自信,仿佛看到了一切,看穿了一切!

残酷的高原磨耗了她的生命,也锻炼了她的生命。她是挺立在昆仑之巅的一位知识女性。

像周桂珍这样的同志,他们在青藏公路通车后就成了这儿的常住公民。高原自然界的熔炉和党几十年来春雨般的教育,使他们形成了一个十分可贵的、任十二级暴风也撼不动的品德:奉献是无上光荣的,伸手是非常可耻的!

周桂珍把生命切成无数个整块,分赠给大漠、荒原、山川,使沉闷了千年的世界屋脊响起生命的呐喊。这是对她最好的赞颂。

那年,她以高超的医术和炽热的赤诚把一位藏族老阿爸从死亡的边缘上抢救过来。老阿爸奇迹般地活过来了,连他的亲人们都不相信人间还会有这样妙手回春的"曼巴"(藏语:医生)。老阿爸和家人诚心诚意地从自家的羊群里挑选了50只膘肥体壮的山羊,送到医院,说什么也要周桂珍收下。她怎能收这么贵重的礼物!这是老人的一半家产啊!

她对老人说:"阿爸,你把羊赶回去,告诉牧民们,谁有病尽管来找我,我们是人民的军医,为牧民们24小时看诊。"

老阿爸不得不依从了周医生。临别时他说:"羊我可以赶回帐圈,可是,你知道吗?你永远是藏家人心中的女菩萨。"

在老人看来,女军医的恩情比山重。

在周桂珍看来,这50只羊比昆仑山还沉。

那天,我和周桂珍闲聊,她对我说:

"如果有一天,组织上要给我立功受奖的话,我要请求在我的立功喜报上画一座昆仑山。"

说完这话,她的脸刷一下变得好红。

我完全理解。她在青藏线上干了35年,没有立过一次功,甚至连嘉奖也少得可怜。她是一个从来不肯出头露面,只心甘情愿默默无闻地生活着、工作着的人。她是和荆棘一起生长的,从不做玫瑰式的梦。但是,昆仑山夜夜都在她的梦里。

虽然昆仑山不是她的专利,但是她应该拥有一座昆仑山。

她又要出发了,去青藏沿线巡诊,走昆仑,跨祁连……

鸭儿湖紧紧抱住了女兵

我想到了我当初在高原上跑车时,大家常常挂在嘴边的一个只有我们这些开车人才听得懂的名词:报饭车。

报饭车?

今天的人们和当时青藏线以外的人,绝对不明白这是何物,就像站在西安半坡村遗址前琢磨一个什么古怪的玩物一样。

冰在雪线,雪在峰巅——犹如高原人都懂得这个最普通的道理一样。其实说穿了,"报饭车"也十分简单:它是整个车队打前站的先头车。每天总是披星戴月提前上路赶到前面的兵站,为行车人员联系食宿以及有关车辆整修的事宜。那会儿青藏公路沿线无电话,也没有发报机,一切通讯联络全靠这"报饭车"去完成。

这种我们的老祖先不知在什么时候创造出来的通讯联络办法,像接力棒一样一直传递到我们这些青藏线人的手里。直到20世纪60年代末期,一支女兵队伍像突然从天而降的天兵天将,驻守在格尔木到唐古拉山一线的冻土地上。

她们是长驻世界屋脊的通信兵。

"报饭车"的使命从此画上了句号。

我记得很清楚,首批进驻青藏线通信部队的女兵是一个"大拼盘",来自北京、上海、陕西、河南、四川……那真是男子汉世界里的一个女儿国呀!寂寞、单调的冻土地一下子添了亮色。

三个女人一台戏。这些风华正茂的女兵在世界屋脊上演的何止是一台戏!她们把歌声、笑语、喧闹甚至哭声,贴在了蓝天上……

当通信兵首先要学爬墙、上房、登高。不是吗?高高的水泥电线杆就是她们的操作台——用武的广阔天地。不会爬杆,一切都是白搭。起初,女兵们站在杆下面,仰头望望钻进了蓝天的电杆,一个个腿肚子直打歪。这玩意儿是女孩子干的吗?在家时,老人们把爬树掏鸟雀蛋的女子讥笑为"野女子",那时提起这个"野"字她们的脸羞得通红,恨不得找个地缝钻进去。没想到,现在要把她们推到"野女子"的岗位上。

电杆下静悄悄。一队女兵只觉腿在变软。这时,沟壑下的一只地鼠突然钻出来,贼头贼脑地望着这"死"了一样的世界。

"我来上！"

随之，一个苗条的身影就噌噌地窜上了电杆。

可是，三层楼房高的杆她没爬到一半，就坐了"电梯"，屁股结结实实地墩在地上。裤子扯破了，白白嫩嫩的脸儿被杆子擦破了一大块皮。自然，最疼的还是屁股蛋子。

她叫刘凤田。

这女娃是值得称道的，她敢在世界屋脊上攀高，是女兵中第一个站在"屋脊"之上的巨人。虽然她没有取得成功。

刘凤田带的这个头使女兵们登高训练掀起了一个不大不小的高潮，昆仑山下一片红火。她们除了在上班时攀电杆外，下班回到营房里还进行"加楔子训练"：走飞檐、踩墙头、爬树干……她们疯得都"野"了。

很快，女兵们就练得猴儿精。

乡间佬有句贬语：三天不打，上房揭瓦；一日不教，爬树抓鸟。这是指责猴崽娃们缺少教养胡闹腾。可眼下呢，我们的女兵硬是要有这套猴崽娃的猴本事，要不护线修线就是一句空话。她们学到了，你瞧那一身打扮好英爽：褪了色的工作服紧紧地套住了苗条的身体，装进军帽里的发辫不甘示弱地在帽顶上撑出了两个短橛橛，直直地指着蓝天，仿佛随时准备升天而去。屁股上挎着工具袋，脚蹬脚扣，扛着30多斤重的"线担"。

那真是"飞人"呀，十多米的电杆，双手一抱，两脚一蹬，嚓！嚓！嚓！几下就杆顶上见了！

山坡上，有个牧羊女看得专注、入神，情不自禁地拍着巴掌叫了一声："兵哥哥！"

女兵们全乐了,乐得前仰后合。乐罢,刘凤田一拍胸脯:"怎么样,有人把咱叫哥了,响当当的男子汉!"

她们低头看了看自己这身装扮,可不,哪有点女人味!

两个小妹极不同意刘凤田的话,反驳她:"什么男子汉,应该让那些骄傲得鼻子都翘起来的男人们唱一句——谁说女子不如男!"

十足的河南梆子腔,那"男"字朝上挑了个弯,好有韵味!在场的姐妹们开心地笑着,笑得好开心!

高山反应吓人吗?请听听这笑声。

当然,也有哭鼻子的时候,笑声消失了,只有风雪在怒吼着……

柴达木盆地一个漆黑的夜晚,在格尔木以南通往昆仑山的路上,一束米黄色的手电光像一颗米粒一样把漫天旋转的风雪钻了一个洞。摇晃着,移动着;闪闪,停停;停停,又闪闪。仿佛是一束凝固了的冷光,朝着昆仑山方向渐进。

高原的夜色在风雪里旋转着,人心惶惶。

通信一连副班长、上海姑娘何义恺带着新兵王海英已经在茫茫雪原上踏雪跋涉了近两个小时,还没有查出线路的故障原因。她俩几乎是一根电杆一根电杆地查寻着……

风雪昆仑夜行人,天畔犹有踏雪声。

风啸,雪狂。电杆晃悠,电线摆动。

故障点找到了。何义恺站在杆顶上,嘴里呛满了雪,胸腔好憋闷!她抱着电杆足足喘息了五分钟,让腹部那仿佛已经错了位的各种器官得以镇静后,才开始工作。在高山缺氧地区,爬一次电杆等于上了一座山,身体和精神都要承受高山反应的无情袭击。顾不得

更多了,她朝杆下的王海英喊道:

"给光!"

没有动静。

她又大声喊:

"海英,捻亮手电!"

仍然没有任何反应。

何义恺发毛了,她猴儿一样三爬两跃地跳到杆下,一看,王海英冻得昏倒了。她又一连呼叫几声,也没有应答。她把海英紧紧抱在怀里,解开衣扣,尽量让自己身上的体温多传递给海英一些。她知道,这个才17岁的小妹妹像自己一样从小长在江南水乡,从没见过下雪,现在要在零下四十度的冰天雪地里干活,还能不冻坏?

何义恺紧紧搂抱着王海英在雪山上整整坐了一个小时,她的体温终于把海英暖醒了。海英慢慢地睁开眼睛,当她明白了怎么回事后,热泪盈眶地说:

"义恺姐姐,今晚要不是你,我早没命了。我昨天还收到爸爸的信,他说部队是个温暖的大家庭,这里有大爱,也有姐妹情。义恺姐姐,只一夜之间,这些我全得到了。"

何义恺这时想到线路上的故障还未排除,便说:"咱们留着这些话以后再扯吧,现在还得赶紧修理线路。"

说罢,她就像猴儿似的,爬上了电杆。

风雪一点也没有减弱,大地仍然在暴风雪中颤抖。杆顶上传来何义恺的声音:

"海英,给光!"

一束摇晃不定的亮光射到何义恺的手上,这是一束凝固了的冷光,这是一颗停滞了的流星。不,它是风雪昆仑之夜的一朵热浪。

在这全国万家酣睡的深夜,它醒着,它是昆仑山夜的眼睛。何义恺、王海英,这军营两姐妹在亿万亲人的甜梦中醒着。

风,还是昨夜的风;雪,还是昨夜的雪。今晚只是多了这束亮光!

忽然,扑来一阵风雪,踩在何义恺脚下的电线大弧度地摆动了起来,她的脚落了空,身子失去平衡,栽了下去!

幸亏有保险带拦着腰,她才没有落下杆,只是头朝下,悬吊在空中……

这就是女通信战士的野外作业生活,几多苦涩!几多危险!

冷峻而严酷的考验给了女兵们最丰富的情愫。她们狂热地爱着高原,爱着生活,爱着同志。

苦到了极限便是乐园。姑娘们终于在一个中午找到了爽心、美丽的休憩之地——鸭儿湖。女兵们往湖边一站,一路跋涉带来的劳累、饥渴、风尘以及心理上的枯燥、烦恼就撂下了一大半。

湖水紧紧抱住了这些女兵。

鸭儿湖是昆仑山下的一颗明珠,镶嵌在柴达木盆地察尔汗盐湖旁边。人们简直难以相信这儿美丽的程度:时值夏天,瓦蓝瓦蓝的晴空穿透湖水沉入湖底,整个湖面像撕下来的一片柔柔蓝天。四周是碧绿的芦苇,一群群野鸭还有叫不上名来的水鸟,在湖面上逍遥自在地嬉水、追逐……

这是人间还是天上?

荒凉的大戈壁真有这么一幅美景?

女兵们馋了,疯了! 她们放下脚扣、工具袋,把无檐帽往地上一甩,忘情地扑向湖边。噗噜,噗噜,先美美地喝上口水,然后洗脸、洗脚、梳头。更有胆大的女兵索性脱了外衣,像鲤鱼跃龙门一样跃入湖中……

反正这儿没有男人。

湖边,水声一片,笑声一串。

鸭儿湖是一面大镜子,映着姑娘们那被湖水洗得红扑扑、粉嘟嘟的脸庞,还有那脱帽后露出来的长长的辫子。要知道这辫子被禁锢了不少日子了,现在才自由自在地显露出来,还了女儿装!

这时候,只有在这时候,这些女兵们才知道自己已经快忘记了自己是个姑娘了。疯惯了,野够了,该回到女儿国里来尽情地享受一番。

多待一会儿吧,再多待一会儿。让自己的身子和脸庞在湖面上就这样静静地映着,映着……

姑娘们真不想离开鸭儿湖了。

不知是谁大声喊了一句:

"咱们就在这里开饭吧!"

于是,女兵们七手八脚地忙着支锅、点火、开罐头……

一队水鸭从湖面上飞过,它们衔着湿漉漉的一串歌声,落在了湖的对面。水鸭们歪着脑袋看着女兵,它们是想和姑娘们对话吗?

一个女军人和一个未出生的小公民

有时候,探索一个人的内心世界需要十几年、几十年,甚至一辈子,你还不一定能得到满意的答案。

我对杨蕴芳的采访就是如此。

20世纪70年代中期,她作为青藏线英模人物的代表,进京参加了总后勤部召开的表彰大会。随着她双手接过总部首长颁发给她的奖状,杨蕴芳的名字一下子在青藏高原以外的地方传颂开来。许多人都知道昆仑山下有个22医院,22医院有个全心全意为高原军民治病的好"曼巴"。

那年月,"全心全意"这个近乎极限的词,可以信手安在任何一个被认定为先进人物的头上。但是,每个人诠释它的内容是具体的,各不相同。这种诠释经得住历史考验的能有多少?那么,杨蕴芳对这四个字的诠释是什么呢?

我是怀着极大的兴趣去探索她的内心世界的。但是,我的良苦用心以失败告终。

杨蕴芳把自己的内心世界封闭得紧紧的,不留一点儿缝隙。撬得开的,是铜墙铁壁;炸不开的,却是她的心。她总是以一种一切都平凡得不能再平凡的态度来对待每一个要给她树碑立传的人。你如果认为像她这样的女同志能够在世界屋脊上站住脚,这本身就是一种奉献,她会马上说:"时代不同了,男女都一样。"当时,我真拿她没办法。

她为什么就那么冷漠,甚至冷漠得有点超然?我不得而知。我不愿去狠狠地敲打,秘密锁在她的心房里啊!

这件没有答案的事情就这样搁置于我的脑海中。不过,很快我就把它淡忘了。20年后,在我重返高原时一个偶然的机会又接触到了杨蕴芳的事情,这才明白过来,原来她当年的"冷漠",甚至"超然"是一种强力的忍耐。

超然也是一种忍耐。对我来说这是个新发现。这是20年采访一个人换来的明白啊!

那么,杨蕴芳到底是用什么样的诠释来体现"全心全意"的呢?

那是母亲的血的代价,儿女的生命的代价!

抗争的女人,在泥泞的雪路上吃力地爬着,爬着……

那一年,格尔木至拉萨的地下输油管线的施工正进入白热化的关键时刻,当年年底要通油到拉萨。能否实现这个目标,最关键的一步棋是看工程部队能不能打通地球之巅的唐古拉山。为了保这个"关键",工程指挥部、后勤保障单位以及上级机关的工作组都上了山,实施现场指挥,面对面解决问题。杨蕴芳作为医疗队队长也带着一支小分队上了山。那一年她34岁,几个队员均是她的小妹妹。她们组成了唐古拉这个雄性世界里唯一的女儿国,她是"国王"。她知道,她的医疗队在这里巡医会遇到许多意想不到的困难,但是她和小妹妹们有个撼不动的心愿:唐古拉山不是男人的专利,女人照样可以占有它。

山上集中着数千名施工的指战员,他们为了打通这世界屋脊上的冻土层,不分白天黑夜、不分节假日地干着。杨蕴芳和医疗队的同志们从大清早就上山巡医,日落西山才归营。回到山坡上那挂着红十字的帐篷里,她们仍不能休息,因为许多"轻伤不下火线"的同志只有在这时候才舍得拿出休息时间来瞧瞧病。当然,也不排除这样的"闲人":他们什么病也没有,却要蹭到医疗队的帐篷里来看看"景致"。唐古拉山上唯有这儿有女人啊!

从某一天开始(当然谁也没有记住是哪一天),来医疗点上闲瞧的人突然多了起来,一天比一天多。他们发现了什么?

杨蕴芳的肚子。

她那一天天凸起来的肚子……

怪事？

与此同时，医疗队的妹妹们也注意起了杨队长。不过，她们关注的不是她的肚子，而是高山反应。

说起来好生奇怪，上山后大家都有高山反应，可最多十天半月也就过来了，适应了。杨队长呢，一直过不了关，还有点越来越严重的趋势。这天，她巡诊回来一进帐篷就呕吐不止，弄得满地都是呕吐物。

一连数天如此。

她没有给伙伴们说是怎么回事，也不休息，照旧坚持每天上山巡诊，工作干得不比别人少。大家的疑问也在加重。

这天晚上，杨蕴芳拖着疲惫的身子回来，又是呕吐不止，满帐篷的人都被她惹得心里直泛酸水。军医魏丽芳终于忍不住问她：

"我说队长，我要给你号号脉了。"

说完她就去抓杨蕴芳的手，杨队长不让，想极力挣脱。魏医生一声招呼，早就对队长疑窦丛生的几位队员呼啦一下全上来，硬是按住了队长的手腕。

魏丽芳摸脉是摸出了名的，谁不知道？这时她给杨蕴芳摸出了名堂，吓了她一大跳：

"哎呀，我的老姐，你怎么藏得这么严，给谁都不说？"

杨蕴芳勉强地笑笑，不说话。魏医生哪能饶过她，紧追不放：

"告诉我，几个月了？"

杨蕴芳见无法隐瞒，只好如实"招供"：自己有身孕已经四个月了。但是，对自己的事她不想声张，仍然以一个队长的口气命令身边的几个妹妹说：

"这事你们几个知道就行了，可不许往医院里捅，记下了吗？"

"这可不中，你这个决定俺们不能执行。这海拔 5000 多米的地方严重缺氧，你不要命了也得替未出世的孩子想想。反正你是一天也不能在山上待了！"

是的，严重缺氧会导致流产、胎儿发育不良，当医生谁还不懂得这些？！

热心又有主见的魏丽芳不顾队长的警告，准备按照自己的计划行事：一方面让下山的人给自己的爱人捎信，快托人带些保胎药上山来；另一方面毫不迟疑地把此事报告给了医院领导，让组织上调杨蕴芳快快下山。

然而，她白忙了。就在她紧三火四地做工作要保住杨队长可爱的第二代的时候，杨蕴芳已经流产了……

山上的风雪在放肆地吼叫着，它似乎不仅要把山抬起来，好像还想把地球掀翻。那不是母亲在哭泣婴儿——母亲是个坚强的军人，她不会流泪；也不是婴儿在呼唤母亲——婴儿已经夭折，他（她）没见过母亲是什么模样。

暴风雪呀，难道你要吞噬掉人间的一切生机吗？

杨蕴芳，34 岁，结婚 15 年了还没有做母亲。这已经是她第三次流产了……

1970 年，她怀孕两个多月时，为一难产的孕妇做剖宫产手术，产妇渡过了险关，她自己却流产在手术台旁。

1973 年 4 月的一天傍晚，她不顾大家劝阻，硬是到戈壁滩抬粪种菜，一个发育才三个月的小生命"流"在了荒郊山野……

杨蕴芳，你何时才可以享受做母亲的幸福？

地下输油管线这一年年底通油到拉萨。中国人用智慧和汗水在世界屋脊上修起了被西方人称为"中国地下苏伊士运河"的地下输油管线。

然而有谁知道，这条运河中流淌着一位女军人的血，她用三个亲骨肉的生命换取了这不仅仅属于她的高原风景线……

缺氧与长寿者之间

面对这位生活在青藏高原"无人区"的百岁寿星，我的心中涌满惶惑之感，不知如何解释我所遇到的他以外的那些人和事。难道他的存在，要把青藏线人艰辛而痛苦地在缺氧地区挣扎、有的甚至献出了生命的现象否定掉？当然包括我创作的这部系列报告文学。

冰块在春的河流里缓滞地流动。

我记忆的大书里夹着一页页发黄的昆仑书签，虽然发黄，但是它比秋天的太阳还火辣；现在又夹进了一页像岩石一样坚硬的书签，虽然像岩石，但是它更像夏夜的月亮一样金黄。

寿星叫次桑，藏族牧民，家住西藏那曲地区当雄乡扎珠二村。我第一次听到一位战友说起他是在1988年，当时他已经106岁了。老人的刚强、豪放全都集中在那张脸上，他的脸结实得散发着一种黑里泛红的容光。他是唐古拉山的一块岩石，是埋在沙漠里数十年硬而不朽的柽柳根！他坚强而不冷漠、宽厚而不失态的脸上每时每刻都浮现着仿佛用手可以掬起来的笑容。他讲话思路敏捷，口齿清晰，只听声不见人，完全不会想到这是106岁老人的声音。

听，好洪亮、凝重的嗓音，分明是从钢板上敲出来的：

"我们这个地方有人叫它'无人区'，笑话，我们不是人？没有到这里来过的人总是把它和荒凉、恐怖连在一起。也难怪，历史上曾经有好多进来探险的人，但是很少有人生还。所以，直到现在有的人提起我们这块地方还胆战心惊。如果有谁问我，世界上最美的地方在哪里，我会毫不犹豫地回答他：西藏。我们祖祖辈辈都在这块土地上生活，生活得很滋润，我对这块地方爱还爱不够呢！我家乡的美丽你们可能在银幕或照片上已经领略过了。你看，整片整片的草场都是绿的，那些大大小小的梅朵（藏语：花），虽然我有许多叫不上名字，但红艳艳地开在我的心里。小溪潺潺地穿过草原，白云一年四季都像棉花一样堆在蓝天上，周围的山随季节变幻着色彩。我从小就养成了一个习惯，闲暇无事的时候总爱躺在草地上，望着天空，觉得自己和这山山水水融到一块儿了……"这是一个生活在海拔4000多米地区的人的感受吗？我听得入迷了，仿佛置身于人间的一个小天堂里。

老人给人们叙述完他的感受，便跪倒在草地上，面对没有寺庙的冰峰，开始了他的祷告……

世界屋脊视氧如金。人们为了活命在挣扎，在拼搏！

然而，硬是有人爱这个"缺氧"，爱这个"高寒"，爱这个"禁区"。

我又想起了一位女性。

她在昆仑山下格尔木的军营里服役十五载，后来又调到拉萨一个军事单位工作了几年。奇怪，拉萨的气候、环境按说要比格尔木好得多，她却很不适应，吃不好睡不好，无奈只好又调回格尔木。好啦，一切都回归正常，饭也香，觉也甜。

她说，我是哪里艰苦哪里能安家。这是实实在在的真心话。

前年，我们在北京街头邂逅，我简直不敢认她了。她的脸有点浮肿，令人吃惊的是怎么显得那么苍老？眼角呈放射状有一束皱纹，虽然浅浅的，但显得很古板。还有，鬓角的几缕白发给她增添了几分忧愁。

她刚40岁出头啊！

她把激情留在了雪山，把英姿献给了高原，把青春染在了戈壁。

我握着她那粗皮暴起的手，心里战栗着。她告诉我，她已经从高原调回来了，在内地某城市一家医院工作。我为她高兴，她已经付出了很多很多，吃了那么多的苦，应该回到内地来。

谁知，她摇了摇头。

我们推心置腹地交谈起来，就在长安街上的一个酒家。虽然我们都不会喝酒。

"我不应该回内地，青藏高原是我永久性的岗位。"她说得直截了当，也很认真。

"为什么？"我大为不解。

她说，调回内地快一年了，没想到，身体就是不适应内地的气候，头晕、呕吐、高烧、气短、吃不下饭……就像当初她从内地乍到高原那样不适应。她跑遍了城里城外的医院，哪儿也治不好，都说她这病太怪，他们从来没有遇到过。这不，眼下专门跑到北京来求医。

"怎么样，有结果了吗？"我有点急不可待。

她说："首都的医生就是医术高明，他们找到了治好我的病的办法，也是唯一的办法。这就是把我再送回到高原去。"

"有这样的医生吗？"我掉进了五里雾中。

她说:"我在高原缺氧地区已经生活习惯了。20年啊,娇小姐也被昆仑山的风吹成藏家牧女了。"

"我没听说过有这样的怪事。"

"世界之大,无奇不有嘛。"她倒蛮想得开,"有人把这种奇特现象称为'醉氧'。醉氧,明白吗?缺氧反而是好事,氧气多了会招来祸。我知道高原上有不少同志患这种病,前几年组织照顾一位在高原工作了近30年的老同志,调他回内地的部队工作,不想,醉氧症折磨得他无法正常上班,几乎成了一个活死人。后来他退休又回到了高原,啥事也没有了,身体很好。你可能在西宁兵站干休所看到了吧,那儿住着许多老高原。按说他们退下来后完全可以回到内地去安度晚年,可就是适应不了内地舒坦的环境,只好在高原上生活。"

我沉思着,心情异常压抑。我本有好多话要说,可半句也说不出来。醉氧?人类赖以生存的氧气对青藏线上的人来说却成了累赘、祸害。谁会相信有这种事?可它确确实实地存在着。

她也在沉思。

我俩好久无话。

我替她的命运担忧,问她:"你打算怎么办?"

"不知道!"

她喝了一口酒,我也喝了一口。我俩都不会喝酒。

话匣子打开了。酒是催话剂,是媒介。

我俩在小酒家谈了好久,好久。悲悲切切,喜喜忧忧;苦中含乐,美中有怨。总之,希望没有消失,大路还在山中。

从酒家出来,已是满天星斗。我们都有个心愿:应该再回到青藏高原潇潇洒洒地生活几年。

因为我们生命中有一段最金贵的岁月留在那里的雪山银岭间。

……

我不由得想起了百岁寿星次桑。望着她逐渐消失在月色里的背影，我想：此刻，次桑呢，他还是那么平展展地躺在草地上望着蓝天吗？我遥遥问他："次桑老人，你知道什么是醉氧的滋味吗？你最好离开这缺氧地区来一次京城，或内地别的什么地方……"

我听见次桑老人在遥遥回答："不，我哪里都不去，我的天地就在青藏高原，缺氧就是我长寿的奥秘！"

我爱昆仑山，我爱唐古拉山，我爱喜马拉雅山。

因为我不仅从地图上看过这一块块赭红色岩石似的山脉，还因为我的双脚曾经踏过这些山热烘烘的胸脯和硬朗的肩膀。这里有苍松翠柏构成的密厚的围墙，也有云朵一样的灵芝、雪莲；有彪悍的背杈子枪的猎人，如大山具有高踞太空的宇宙之力，还有女性柔软的双脚在冰冷的山脊上描出来的美丽得像梅花瓣一样的图案。

山的这个世界太大，丰富的哲理蕴含在山里面。一座雪山，一个风格，千里昆仑，锦绣群雕。火山虽然变不成雪山，但雪山的腹部肯定包容着发烫的岩浆。

我走上昆仑之巅。山低了，人高了……

第二章　爱情失衡以后

> 我要你整坛酒，不管它甜醇还是苦涩。
>
> ——题记

现实与历史镜头的重叠

　　昆仑军营的男子汉思念女人的情形带有野性的狂热。假如女人是小岛，这些狂热的男人便是围着小岛的沼泽地。

　　从男人的视角看女人，注定更真实，更富有色彩。

　　我在这里要写高原军人的爱，对女友的爱，对妻子的爱，对女兵的爱。不管谁的内心，都会珍藏着爱情的魔盒，这秘密的核心也许只有两个字：女人。

　　正是青春的驼铃摇响了求爱信号的年龄，他们告别了花红柳绿的内地，来到孤寂、荒漠的高原，面对着一片爱情饥渴的沙漠……

　　夕阳，是一颗泪滴，溅起了夜的相思。此刻，高原上的风也在寻找着爱的请柬。

那天夜里，在西宁招待所我和一位大校同志闲聊，海阔天空，无所不及，话题触及跳舞这是很自然的。"我们这里从来不组织舞会。"他说。"为什么？"我问。

他说："没有女同志，一帮大男人，怎么组织舞会？"

这句酸溜溜的话我在20年前就听说过，今天重新灌耳不仅仍觉苦涩，还有一种凄惨之感。昨天、今天以至明天，这个现实恐怕是谁也抹不掉的：没有女人的地方，男人是要发疯的！

没错，在日月山以西女人实为罕见，就像在北京、上海难得见个骆驼、牦牛一样。

果然，我一到格尔木这话就得以验证。

接待我的是另一位大校，我俩都是20世纪60年代初一起在青藏线上当兵的老战友。当时我开着"大依发"牌汽车跑拉萨，他在偏僻的五道梁兵站当加油员，整天攥着油腻腻的油枪吱吱吱地给我们的汽车灌着动力。一次，我的车拉了几个进藏演出的女文工团员。那小子看得迷了神，油箱里的油都溢出来了他还在灌。慌乱之中他拔出油枪，却忘了关住闸把，弄得柴油四处飞溅，喷了女文工团员们一身一脸……这是往事了，小小丑事一桩。现在，当年的愣小子出脱成了大校军官，当上了兵站部的领导。我们交情蛮深，彼此说话从来不设防，十分随便。我问他：

"伙计，还留恋五道梁那段生活吗？"

"哎，不值一提。娃娃们的事了，现在老啦，没那份心劲了！"
他显然明白我的所指，不在意地说着。

"今晚是周末，你也别写了，我也不钻了（指打扑克钻桌子），咱们找个地方溜达溜达。在北京可玩的地方很多，舞厅、酒家挑着去。咱这儿不行，享受不到你们那些高雅的待遇。青藏线人一入夜日子就难熬了，过去是白天兵看兵，夜晚看星星，怪凄惶的。现在呢，略有改观，晚上可以看看'景致'了，这还仅局限于格尔木。"

"看景致？"我惊叹道。

大校指了指旁边一家驻军医院内一处灯火辉煌的广场："呶，那不是吗？看看去！"

我寻思，所谓"看景致"无非是句玩笑话罢了，便没在意，跟着大校往前走去。

他显得很活跃，话也稠密，像是一只老羊在黑房里关了好久，现在冲出来到了广阔自由的草滩上，快活极了。他说：

"周末，在咱格尔木两件事最兴盛，也引人。一是看景致，二是钻桌子。对我，还有一桩美事，这就是周末的晚餐——煮土豆，那才叫好菜呢！"

说毕，他放声大笑。

我知道，他是甘肃临夏人，大家都叫他"甘肃土豆"。他离开土豆是活不了的。不知为什么我的心情突然变得有点沉重，遥远的青藏高原上，人们在紧张的一周工作后，是怎样在夹缝里度过这个渴盼已久的周末的呢？

格尔木城慢慢地被夜色所笼罩。公路上来往的汽车仍然很繁忙，那扇形的灯柱不时地在小城黑夜的腹部闪烁。我们不时遇到从昆仑山方向驶来的汽车，嘎吱一声刹在我们的面前。车刚一停稳就从大厢里跳下来几个穿戴整齐、潇洒利落的小伙子。他们和我们走在一起，很客气地打个招呼，便夺路而去。小伙子们小跑着涌向医院，身后留下了一缕淡淡的美容霜的气息。

大校说:"你看他们全穿着便衣,其实都是军人。"

"军人?"我有点诧异。

"是的,而且都是战士。"大校说话的语气十分肯定。

我吃惊了,高原上的战士真帅!我马上想到了一个问题:"看景致"八成与这些从昆仑山下来的战士有关,便留了个心眼,暗暗地点了个数。我们从招待所到医院的门口顶多走了十来分钟,先后有五辆汽车停下,跳下了十四个便衣战士。这当儿,我身后的公路上又响起轮胎摩擦地面的刺耳声音……

一阵爽朗的笑声从前面传来,我抬头望去,正是刚才亮着灯光的地方,簇拥着密密匝匝的人头。噢,那是个篮球场,一场球赛正热火朝天地进行着。笑声、掌声、起哄声不时响起,在夜空里旋转、荡漾开来。

我们快步走上去,站在篮球架下,大校指指球场两边的观众,说:"你看,男左女右,分庭抗礼!"

我看了看,真是。北边是清一色的女士,她们穿得花花绿绿,好不惑人。款式新颖的连衣裙、各种颜色的花衬衫、贴身合体的女军服……我真不敢相信,在世界屋脊的昆仑山下还会有这么一个多姿多彩的小天地!

南边,那些小伙子们显得精神焕发,跃跃欲试,他们成排成队地站着,一会儿拍手,一会儿起哄。不知是哪位想出风头的小伙子不时地吹着口哨,那哨音像是从云端传下来的,一阵遥远,一阵洪亮。我看见刚才从汽车上跳下来的那十来个青年人满脸挂汗地挤在人群里……

女人的存在因为男人的出现而格外耀眼,男人的潇洒因为女人的抬举而更加诱人。

这就是辩证法吗?

"女儿国"和"男子汉世界"此刻在这个篮球场上得到了最和谐、最得体的统一。

球场休息。南边的观众终于按捺不住了,一位不安分守己的小伙子扬起了能震落星星的嗓门:

"北边的姑娘们,来上一个好不好!"

这个男高音引出的是一阵掀天吼地的附和。

对面的女士们开始只是捂着嘴痴痴地笑,谁也不响应"来一个"。后来,男子汉们逼得越来越紧,一次又一次地加油,女士们感到再用笑声来应付太降低身份了。时势造英雄。只见一个女兵站出来,举起胳膊,把拇指和无名指一捏,说:

"咱们唱《你可听见妹妹的歌》!"

她起了个头,女伴们就跟上唱了。有的不会唱,被她硬拽着哼哼:

> 武警哥哥守哨所,
> 你可听见妹妹的歌?
> 溪水带着妹的问候,
> 唱一曲祝愿的歌。
> ……

大校笑盈盈地说:"得!小伙子的目的达到了。只要女士们开了口,就别想休息。"

我听出点味儿了,他所指的"看景致"大概就要在这儿揭晓了。

大校给我讲起了这里面的故事……

弄不清是从什么时候起，孤独、寂寞的青藏线人突然开悟似的萌发了一个想法："高原以外的世界早就进入了'卡拉OK'时代，我们为什么还要像地鼠一样成年累月地悄没声地在高原上生活？难道青藏线人就配夜夜在这没有电灯的土屋里蒙头大睡？走，到'小上海'过周末去！"

"小上海"指的是格尔木。这个连内地的县城都不如的小镇由于出现在荒凉的戈壁滩上，身价翻番提高。

从一轮架在雪山垭口的夕阳扫描着高原迟迟不肯沉没的某个黄昏开始，驻扎在昆仑山公路沿线的战士们，像冲破栅栏的山羊一样涌向格尔木。格尔木，是他们向往的天国。

这是不是意味着青藏线军人的又一次解放？

漫漫四千里公路，除了拉萨，就数格尔木最繁华。这里有不夜城的霓虹灯和飘散在霓虹灯下淡淡的、浓浓的女人的发油味、香脂味……

兵们在扑向这个彩色的夜世界之前，对自己进行了一番精心的设计：脱下了军装，换上了在内地早已过时而在世界屋脊上才刚刚兴起的那种夹克；皮鞋也是那种在箱底压了好些年，只有每年回内地探亲时才穿出来的，从军需股价拨来的军品黑皮鞋；自然，头发上也要上些油、脸上也要涂一层霜……

起初，他们像夜游子一样在格尔木城里晃悠，就是见不到他们想看的人：女人。他们没有失望，照样每个周末都下来。要知道，每次搭汽车不容易呀，从星期六的午饭后就开始站在公路中间拦车。可是有些司机真他妈的缺德，不停车不说，还冲着你一直开来。等到保险杠快挨着你了，猛地来一脚"急刹"，把车停下，头从车窗伸出来，大骂一声："你他妈的还要命不？"然后，吐一口唾沫，挂上挡走了。后来兵们学"精"了，手里拿着几张"大团结"摇晃着拦车，真管用，没有不停车的司机。见钱眼开，偏僻的青藏线上也没逃脱这个"公理"。

代价啊！这个周末过得能轻松吗？

说起来还真得感谢格尔木的女士们，包括驻军医院的医护人员。终于有一天她们揣摩到了这些兵们寂寞的、渴求色彩的心思，不知是哪位勇敢者最先把自己打扮一番，出现在女兵们的面前。有了带头人，就会有跟随者。队伍在迅速地扩大，像滚雪球一样，在周末的小城里散步……再后来，双方没有任何相约，就把场地挪到了驻军医院的篮球场上，那儿几乎每个周末都要进行友谊赛……

理解！难能可贵的理解。高原上的女人最能理解高原上的男人；高原上的男人也最能知道高原上的女人的圣洁。

他们以纯朴珍贵的情感尽情地驾驭着昆仑山漫涨的夜潮。无疑他们也是敢把一切污秽踩在足下的战士。

……

我和大校颇有兴趣地看着这只有在昆仑山下才能看到的"景致"。它不是蒙古族的那达慕，也不是苗族的踩山节，更不是傣族的泼水节……它就是青藏线兵们在军营外搞的一个"相思会"。

篮球赛已经无法进行下去了，或者说尽管球赛仍在继续，但是观众已经无心看球了。他们在拉歌、唱歌。有意思的是：男同胞们以绝对的优势夺去了拉歌权，女士们难以招架，只能没完没了地唱歌，唱歌……

看着这情景，我不由得想起了一个历史镜头——

五道梁兵站。20世纪60年代初某年的最后的一天。

夜幕笼罩着寂寞的荒野。鹅毛大雪像撕不断的棉絮飞飘着，似乎要把可可西里草原埋没。

一片丘陵地上悄然卧着几排半埋在地上的油毡帐房。毡房前后的雪地上没有人迹，每间房里都亮着昏黄的煤油灯。雪的映衬给这米黄的色调罩上了一层耀眼的光圈。

兵站院内靠东南角的一间油毡房里住着两位到高原演出的女文工团员。这两个"仙女"的下凡，使昔日此时早就一片漆黑的营区，今夜变得灯火通明，小伙子们谁也不肯睡觉。

五道梁兵站是青藏公路沿线最艰苦的兵站之一。这个位于昆仑山和风火山之间夹缝地上的兵站，海拔4617米，气候极为恶劣，一年一场风，从春刮到冬。最冷的时候气温可达零下四十多度。水资源奇缺，做饭都要到上百里外的地方担冰化水。过往的车队不到万不得已不在这儿停留。站上布置的一间女客房据说从来没有女人住过。

女人不到这儿来呀！

可想而知，今晚这两位会唱歌的女文工团员会把多少男人的心绪搅乱，从而招来一场完全预料得到的"轩然大波"。

全兵站的窗户都闪烁着点点灯光，那是一双双瞪圆了的眼睛啊！它们在渴求春风的爱抚，期待夏雨的慰藉。

几个胆大的战士终于走了出来，向那间帐房靠近。雪地上留下了一行洁净的脚印。

一群战士跟了上来。

因为理解，战士们得到的不仅仅是安慰，而是促人奋进的力量。两位女文工团员从帐房里走出来，笑盈盈地邀请大家到屋里坐。"外面太冷，里面有火炉。"这是真心话。但是没有一个人进去。那儿毕竟是一个在世界屋脊上难以看到的另一个世界呀，怎敢轻易涉足。

不敢进又不愿意退，就这么僵着。

有个战士悄声说："欢迎二位给我们唱支歌。"

"可以呀，请进，请进。"她们再次邀请。

"不，屋里太小，我们人多。"

可不，黑压压的人头已经把帐房围得水泄不通。女文工团员很感动，这是战士们对她俩的信赖啊！

只要同志们愿意听，我们就乐意唱。

这话太中听了。帐房周围响起无法遏制的掌声。雪水河里的浪头何时这么暴响过！

她们脱掉皮大衣，活泼得像两只小鹿一样站在大家面前。军装就是演出服，金边肩章闪着豪光。一曲《敖包相会》，一曲《歌唱二郎山》，一曲《三杯美酒敬亲人》，一曲《十送红军》……

唱完一支，掌声四起；掌声暂息，歌声又起……已经分不清是独唱、合唱，还是二重唱了。悠悠的歌声震荡着昆仑山。

唱者不累，听者不厌。

战士们一点也不饶过这两名歌手，两名歌手恨不能把会唱的歌儿都倾诉在昆仑山里。

谁也不知道月儿什么时候悄悄地从东方移到了西方。

怪？飘着雪花的夜晚怎么冷不丁有了月亮……

第二天一大早，战士们爬出热乎乎的被窝，在兵站门口两侧排成长长的队伍,欢送两位女文工团员,今天她们要乘车去格尔木。可是左等右等,就是不见人的面。冰冷的高原风把战士们热乎乎的脸庞吹得古板、麻木,好像他们已经预感到今天会有什么不幸的事情发生。

女文工团员始终没有出毡房。自发欢送的队伍乱了……

后来,兵站的管理员出来恶狠狠地说:

"还等个啥?都是你们捅的娄子,把女文工团员给弄病了。两个人都发高烧说胡话,医生正给她们打吊针呢!"

战士们全都瓷起来了,一个个大眼瞪小眼,像做了贼一样可怜,像杀了人一样恐慌,谁也不说话。

又下雪了,满天是碎纸片似的雪花。那是老天爷的泪珠吗?

整整 30 年。

没有一条小路不被折断,没有一朵鲜花不被吹残。然而,今天的故事和昨天的故事为什么那么相似?现实与历史重叠了。是喜还是悲?我在思忖着。

也许我是从昨天的五道梁走过来的,今天格尔木的这个场面才那么深深地刺痛着我的心。我没有任何责备我们战士的意思,他们像昆仑山巅四季不化的积雪一样圣洁。他们大都十八九岁,最大的也就是二十岁刚出头。他们是我们的下一代啊!

我仍在思忖。

一个个问号睡在我心田,挠得我不安然。渐渐地,那问号从我心中站起来,爬出我的眼眶,两行泪迹……

大校还在那儿笑着,很开心。他没有老,还是 20 多年前握着加油枪的那个兵……

任何一个新故事的诞生都是从历史的旧迹中演变而来的。历史不会消失，社会向前迈进。1987年，西藏、青海两省（区）政府授予青藏公路"文明运输线"的荣誉称号。

我对大校理解了，对青藏高原上的男兵女兵都理解了。

"幸福院"里苦涩泪

凉秋未至，格尔木路旁杨树的嫩叶已过早地凋零。燃烧了一个夏天的太阳，被秋风摁在池塘里淬火。我来到幸福院。

千万别误会。这个坐落在昆仑山下的"幸福院"绝对不是内地那种聚集着无依无靠的老人们的幸福院，而是管线团官兵们度"七夕"的临时场所。

管线团是个"游牧部落"，整个团队分成若干个小分队驻守在四千里青藏线上，管理着地下输油管线，把西藏发展缺不得的汽油、柴油、航油等能源源源不断地、安全地运往拉萨。小分队是不能携家带口的，所以军官们的家都安在格尔木的大本营。他们像没有钟点的戈壁黄羊群一样时断时续地回到草地——格尔木探妻，有时数月半年也难得见上一回妻子儿女的面。不少妻子望着六月盖着白雪的昆仑山感叹："我们从内地随军到了军营，名义上结束了两地分居生活，实际上又开始了新的两地分居。"妻子们把这称之为"随军不随夫"。

她们思念远方的丈夫，总是独自沉吟：让我变作一缕风吧，我真想追上他那奔跑的旅程。

不知是哪位先生费心地起了这么个诗意横溢的名字。本意也许不坏，实则给那些苦酸的心田又平添了几分忧郁。落日太烫，朝霞太嫩，高原人的爱情难道注定要这般吗？

"幸福院"白天黑夜都有久别后强烈的吻，但是更多的是分别时的伤心泪……

车队，飞轮。

格尔木南郊雪水河上的小木桥被沉重、缓慢的车轮辗得嘎吱作响。又一个车队上线，车速慢得像站住了似的。

每一个车门的窗口都伸出一个戴着军帽的头，还有一只恋恋不舍地摆动着的手。

路边站着一行女性，有的手里还牵着孩子，个别的怀里抱着孩子。她们原地站着不动，只是目送着那一只只渐渐远去了的手。短暂的相聚被那手带走了。

车影从女性们的泪眼里消失，地平线上只留下了昆仑山那看起来矮矮的峰影……

不知是哪个娃子忍耐不住狂喊了一声："爸爸——"

妈妈们那一直含在眼眶里的泪水这时才淌下挂在了脸蛋上。但是，仍然没有人哭出声。她们只是静静地站着、站着，风吹拂着她们的头发，吹拂着她们的心……

哭得太伤心，哭得太别扭，哭得太含蓄。

为什么不放声号哭呢，不把昆仑山都惊动呢？

这是怯弱的女子的哭泣呀！

我由兵站部宣传科的王鹏带着，站在小桥旁路边的一个沙包上，目睹了这出"妻子送郎出征"的悲壮场面。我看出来了，她们谁都恨不得将那缓缓滚动的车轮抱住。可是，她们只能原地站着，任车轮从心上碾过……我的心里一直很沉，一连三天都没缓过劲来。

我能理解。因为这小桥是一条分界线，桥以南是男子汉的世界，他们可以尽情地闯荡事业，追求理想；桥以北的"幸福院"才是女人们的小天地，那里有她们的思念，她们的泪水，她们的怨恨……

有为数不少的丈夫就是与妻子在小桥分手以后再也没有回来，在那遥远的地方找到了自己永远的"宿营地"……

王鹏在回招待所的路上，对我讲了一段满含人情哲理的、像诗一样的话："没有女人的男子汉世界是没有帆的船；没有男人的女人天地是错了位的音符。"

我用惊愕的目光打量着王鹏：二十几岁的小青年竟然说出了这样成熟而又圆滑的话！

难怪，小王的爱人在敦煌。前几年他作为兵站部的派出代表，长期住在格尔木，每年都要在"幸福院"里度"七夕"。

"幸福"的人一旦伤心起来，那是撕心裂肺的痛苦。

这是尽人皆知的消息了：小李"五一"结婚，地点："幸福院"。

对象已经从老家赶来了。几个热情又好热闹的乡党张罗着把新房都给布置停当了。小李呢，还在线上忙乎着。他说"五一"前赶回格尔木就是了。

"急啥嘛，馍馍不吃在笼里放着哩。"他在电话里对催他快点下来的乡党这样说。

其实，小李是在说"官"话，他能不着急吗？只是线上的一项管理维修工程急得烫手，他作为技术骨干一时走不脱呀！

乡党们可实在等不及了。因为"五一"之前有几个同志要上线执勤,还有几个同志上月就出发了,过了"五一"才能回到格尔木,这样锣齐鼓不齐的,很难在"五一"这天集中在一起为小李办喜事。于是,他们在一块一咬耳朵出了个馊主意:提前为小李办事。小李不在,这也没关系,就让新娘全权代表。所缺的新郎新娘"接飞吻"的节目,以后再补。

说是提前办喜事,其实就是热闹热闹而已。高原上的兵们难得有这样一个取乐逗笑的机会。

这天晚上,十来个老乡聚集在没有新郎的新房里嘻嘻哈哈地闹起来了。他们买了几盒劣等烟,灌来几瓶散烧酒,用手捏着花生米,说着乐着,你一言他一语地凑着新婚对联。你别看这些"粗了吧唧"的家伙们,肚里还蛮有词汇呢。经过"土秀才"明目张胆地加工修改,最后凑成了一幅喜联:

千里迢迢会郎君　青海湖里水哗哗
万里边关迎爱妻　昆仑山上擎天柱

"土秀才"将喜联落在纸上后,做一捻胡须状,然后摇头晃脑地反复吟诵着,很有一番玩味儿的意思。

"幸福院"里的笑声总连带着有些人的怨声、忧声。

就在乡党们尽情取乐的当儿,新娘端坐在房里的一角,耷拉着脑袋,一语不发,满腹心事、愁事。

小李还是没有回来。据说管线的那项工程遇到了永冻层,麻烦了,施工任务更吃紧了。

明天就是"五一"了,他还没有回来。

可想而知,"五一"那天他们的婚事没有办成。何止"五一"呢,过了"五一"一个星期,仍然没见小李的面。

新娘整整等了他 17 天。

她生气了,气不打一处来。恨气、怒气、怨气。她给小李留下了一封信:

"不要怪我不辞而别,你让我非常失望。你让我等,我等了很久。不过我的等待是有限度的,我也有人格、有脸面,懂吗?爱你的管线去吧!"

她单方面撕毁"婚约",走了。

小李在姑娘走后的第二天,满脸淌汗地赶回了"幸福院"。当他明白发生了什么事情时,直愣愣地坐在床头好几天没有说一句话。最后抱着脑袋,不住地用拳头砸着,放声痛哭了一场。

下面要说的是"幸福院"里的另一个故事——

有女不嫁开车郎,
一年到头守空房,
过了一个团圆日,
洗了三天油衣裳。

谁创作的?不知道。有人透露,是一位妻子在昆仑山下的陵园里掩埋了丈夫——一个汽车排排长后,跪倒在坟前,声泪俱下地说了这四句话。从此,青藏线上就流传起了这含着悲情意味的打油诗。

住在格尔木军营里的每一个军人的妻子都有诗中所道出的那酸涩,那悲凉。

她叫李佩玲,本来在河南信阳一家国营公司当会计,工作干得蛮称心,多少人向她投去羡慕的目光。后来,她忍痛辞掉了工作,随军到了格尔木,在部队的副食厂当了"豆腐工"。

如果从此能真正地和丈夫生活在一起,那也值得。尽管她用计算机换来个"马勺"(做豆腐时所用的工具),她心理是平衡的。问题是,李佩玲也没有逃脱"随军不随夫"的命运,她只是把孤灯单影的空房从中原大地搬到了昆仑山下,仍然凄凉地一个人生活着。

她的丈夫叫邓五合,是汽车部队的营长,忙着呢。一年365天中,起码有300天率领着铁马大队在风雪线上奔驰。住着妻子和孩子的家像他的招待所,他来去如风,进出自由,当然比真正的招待所好多了。他真正的家在线上,是兵站的那些被风雪压得低低的弥漫着男子汉的汗臭味脚气味的小平房。他爱这些平房;他爱驾着铁马的战士;他爱那条飘逸在世界屋脊上的、把北京和拉萨连在一起的青藏公路。当然,他也爱自己的妻子。

但是,作为一名军人,他有一种使命感、责任感。他不得不把更多的爱奉献给他的事业。

妻子受冷落了,甚至说是受委屈了,这些邓五合是知道的。

这一天,他执勤回来在家住了两夜,脱下了一大堆油衣服,又要上青藏线了。从来都百依百顺的妻子这一回不知怎么长出了"反骨",把一只脚已经迈出门槛的丈夫叫住了。

"老邓,你慢点走!"

他仿佛预料到妻子会来这招,一点也不惊奇,不生气,把腿从门槛外抽回来,站在了屋里,任听妻子发落。

李佩玲用脚踢了踢地上的那摊油渍渍的工作服,说:

"看来我这一辈子就给你洗衣服了。"

邓五合想说什么,但不知为什么没有说出,只是苦笑了一下。

妻子继续问他:"我是你家的保姆还是丫鬟?你能不能让我活得轻松点?前些年我和我家里人年年让你转业回河南,你一次又一次打包票,甚至写下了按着血红手印的保证书。可是你没有回来,还把我拽上了高原,叫我跟着你一起遭这份罪……"

她发泄着,肆无忌惮地发泄着,流着眼泪,扯着哭声。这还是那个操纵着计算机的女会计吗?

他呢,静静地站在一旁。但是可以看出,他的内心十分痛苦。

佩玲大概疲倦了,也说够了,不再吭声了。屋子里很静……

末了,还是她出来收场。她把刚刚赶着织好的毛衣扔给他,说:

"天凉了,线上比格尔木还冷,小心冻着。"

他拿着毛衣,心里沉甸甸的。

"佩玲,我对不起你。"

"少废话,快走吧,车队的同志等着你这大营长呢!"

一句玩笑话,把俩人心头的阴云扫得干干净净。

佩玲从挂钩上拽下头巾包上,又抱起孩子:"走,我送你出车。"

他的眼眶湿了,忙止住了妻子:"别去了,这次免了吧。孩子感冒刚好,别再折腾病了!再说,你也够累的……"

她根本不理他,抱起娃娃就出门了……

唉,女人啊,女人!刀子嘴豆腐心。住在"幸福院"里的这些满腹辛酸泪水的女人也是这样!

丈夫在春天走了,把冬天留给了妻子。

男人当兵,女人不要吭声

我见过她几次,给我的印象:斯斯文文,腼腆,很少和人主动搭言;大眼、粗眉,眉梢那颗黑痣边老有一丝抹不掉的笑。那笑含着幽深的惆怅。

我想,用"弱不禁风"来形容这个像江南女子一样的东北冻土地上的女性最恰当不过了。

蓝伟华,你说对吗?

她笑笑,不点头,也不摇头。

其实,我心里清楚,她是很坚强的。昆仑山巅不也长着小草吗?那是从狂风暴雪里挺过来的小草。蓝伟华不是柔弱苗。

她在格尔木军营家属院里住了五年,比起那些把根须深深扎在青藏线的大姐们,她算不了什么。可是,小妹也可以当大姐们的老师,为大姐们引路。她有文化,再加她与丈夫有不同寻常的经历,她把平平常常的事情看得蛮透,上升到了理性阶段。所以,她常常以"过来人"的身份对姐妹们说:

"男人当兵,女人不要吭声。"

就十个字,高度凝练,蕴含着多少沉重的内涵。这是她心中的珍珠,也是高原姐妹们心中的珍珠。

她为什么把生活品尝得这样透彻?全是生活磨炼的。

她的丈夫是纳赤台兵站的教导员,叫赵国瑞。纳赤台,知道吗?

就是当年文成公主进藏路过昆仑山时梳妆打扮的地方,后人给此地送了这么个名字。纳赤台旁边还有一眼不冻泉,传说当时文成公主思念长安的父母,眼泪滴成了这泉。文成公主一面对镜梳妆想着松赞干布,一面伤心流泪思念父母,可见纳赤台这地方是凝满相思泪的。

这相思泪一直延续到了现代。文成公主用眼泪铸成的纳赤台隔断了多少人的思念,又连起了多少人的恩爱。

蓝伟华和老赵就是其中的一对。

当初,老赵找对象难死了!他从昆仑山探亲回到老家,那模样真让人寒心:脸黑得很,又瘦,两个颧骨尖乎乎的高,胡子也不刮,像鞋刷(你说怪不,才二十四五岁的人,怎么疯长着胡子?)。这样子真有点"对不起观众"。不要说找对象,姑娘们老远看一眼准保吓得吱哇一声跑了。谁也没有想到长得体体面面的蓝伟华却主动托人和老赵相亲。这姑娘想问题办事总有自己的坐标,从不随大流。她说,昆仑山里的军人才真正具有男人的风采,找男人就要找像他们一样的男人。奶油小生?不要!

她就这样做了军人的妻子。

当军人的妻子不仅意味着要做一个普通的女人,而且意味着要吃苦受累。青藏高原军人的妻子更是如此。

蓝伟华在家乡的电信局工作。结婚头三年,老赵三次回家,她三次怀孕,三次流产。多痛苦呀!她守着电信局,发报、打电话都挺方便,但她没有这样做。那样会分丈夫的心,几千里路,让他知道了这揪心的事,回来或不回来,都要作难的,不如把千般苦让自己一人咽了省心。她咬着牙,一个人躺在床上,等待着身体慢慢恢复。每次苦上个把月一切痛苦都过去了,她又开始上班了,这才往昆仑山里发封信,给丈夫报个平安,让他甭操心,安心干工作。

她不是石头人,常常夜里一个人躺下后,心里空荡荡的好孤独、好凄惶!她想:"这样的日子过到哪天是个头?太难了。"翻过身她又想:"谁让我当初选择了老赵呢?多吃些苦多受些难,心甘情愿!军人,军人!"她深深地吸了一口气,合上眼睡去了。

那是把一切苦涩都咽到肚里去了。

有一天,一个小天使般的女孩闯进了蓝伟华的生活。她做母亲了,这是她盼望了多少年的事啊!幸福来到她生活中的同时,她的肩头也落下了更多的苦累,孩子无人照看。她天天背着娃儿上班。冬天来了,她像东北所有的男人一样拖煤、运菜、装地窖。干这些活时背上仍然背着不懂事的、伸着手抓蓝天上白云的女儿……

寒风中摇晃着煤车,煤车后面是她瘦弱的身子和伏在她背上的孩子……

生活的重负没有压垮她,她年年是局里的先进工作者。她只能享受半个女人的幸福和两个女人的劳累!

她的心里有个盼头:丈夫转业回家,好与自己一起分担生活的重负。

她整整盼望了10年,像当初盼望着做母亲那样浮躁而幸福。

然而,她失望了。老赵被部队留下了,即使在裁减百万大军的时候他仍然作为骨干得以提拔。

蓝伟华的脸上浮现出了欣慰的笑容。国家需要丈夫,丈夫需要妻子啊!

那是秋日一个凉风瑟瑟的清晨,她毅然决定不再送女儿去幼儿园。对她说:"孩子,妈带你上高原找爸爸去。"

女儿先是一愣，然后一下子扑到妈妈的怀里，说："对，妈妈，我们去找爸爸。别人家的孩子都和爸爸妈妈在一起呢！"

她把住了十多年的房子让给了邻家，把家具都卖了，牵着女儿到格尔木安了家。

谁知，昆仑山依旧隔着她和丈夫。唯一欣慰的是他们可以隔三岔五地通上一次电话。"电话见面"自然缓解了夫妻间的许多牵挂，然而也更加剧了他们彼此间的思念。想想，常常能听见声音却见不着面，有多急人嘛！

上高原的第一个春节，他俩在电话里讲得好好的，大年三十老赵回格尔木过节，这是结婚十多年来夫妻的第一次团圆年，伟华高兴，女儿也高兴。离过年还有一个星期，母女俩的心就兴奋得不能宁静，最后她们集中一切精力和心思准备除夕夜的那顿饺子，这是团圆饭啊！

饺子馅拌好了，面揉好了。女儿连爸爸包饺子的筷子都准备得好好的，只等爸爸回来包第一个饺子——女儿和妈妈商量好了，这团圆饺子非爸爸包第一个不可。这是惩罚他，也是奖赏他！

可是，母女俩的心随着时间的推移而渐渐变凉，她们从清早等到傍晚，又等到夜里十点钟，外面的爆竹声已开始变得稀落了，还没见他的人影……

女儿的脸上挂起了泪珠，她接过妈妈擀好的饺子皮，手儿颤颤地把馅儿放在面皮上，包成一个像圆圆的太阳一样的饺子，又把太阳捏成了镰刀状的月牙儿，最后又把月亮捏成了小星星……

饺子里包的是她和妈妈的眼泪啊！

这个除夕夜，老赵没有回家。伟华轻轻地合起了自己打开的心扉。那是不圆的圆。

他为什么这么心狠，把妻子和女儿扔在家属院里受熬煎？

不，他是个软心肠。当他得知兵站里那些远离家乡、远离父母的战士们在昆仑山过除夕很寂寞时，便毅然改变了自己回家与妻女团圆的计划，留在站上和战士们一起欢度春节。

蓝伟华恨死丈夫了。但是，她没有勇气埋怨他。因为她知道，她需要丈夫的陪伴，战士们也需要教导员的温暖呀！

那天，我见到她时，她还是那句话：

"男人当兵，女人不要吭声。"

我觉得这是一个伟大的女性，对她肃然起敬。

我想，没有人像军人的妻子丢失这么多的爱，也没有人像军人的妻子得到这么多的爱。蓝伟华，你说对吗？她还是光笑，不言声。

两个小生命和他们的母亲

她俩素不相识。一个是女军医，在昆仑山下的医院工作；一个是军人的妻子，住在广东。陌生人也会有惊人相似的命运，以及由这命运派生出来的故事。因为在她们人生的旅途上都与青藏线有缘。

这个世界的快乐不应该是滴血的。你看，她们头顶的太阳都像结婚时那样年轻，她们脚下的草地都像上学时那样鲜嫩。她们都会做母亲的，母亲的故事注定是壮丽的。

那是夕阳掉进了青海湖、月亮落入稻田的时候，母亲那带血的子宫正在分娩着寄托着希望的明天……

她在临产前一个月才离开格尔木，回天津老家。爱人在那里工作,她准备和爱人一起完成小生命出生的最后一道"艰巨工程"。出了医院大门,她的心突然剧烈地跳动起来,只有一个月了,高原一天津,坐汽车倒火车,住旅店……她行吗?

她低头看了看自己凸起的腹部,又看看浑身上下脱了军装换上的不合体的宽大便服,心里不免涌上一丝恐惧和孤寂。他要是在身边就好了!她笑着摇摇头。那笑一半是坦然,一半是痛苦。

他是不可能来的。他在天津工作,他像她一样忙得无暇照顾她。两地分居的夫妻忙起来难免有一种无法忍受的寂寞。

她本来计划提前两个月回天津,没想事到临头科里要抽两名军医上青藏线去巡诊,不用她要求,领导就让她留下了。"两个月,还早呢!科里人手少,你就做点牺牲再顶上十来天班吧。"

她是个军人,服从命令是天职。再说,即使领导不下这样的命令,她也会主动要求推迟回天津休产假的日期。她同意这样的话:还有两个月,早着呢。

她一忙起来就什么都不顾了,丈夫被她忘了,将要出世的小生命也被她忘了。一晃,一个月过去了,如果不是领导提醒她休产假的事,也许她还要忙下去。她把所有快乐都蕴含在这忙忙碌碌的工作中。

青藏线上的女军人实在太可敬了。

就在她拎着一包沉甸甸的行李步出医院的大门踏上归途时,才感觉是不是走得晚了点,长途跋涉,孤独一人……

腹部沉沉的、坠坠的,难道是小家伙在抗议妈妈吗?

她笑了。这笑是即将做母亲的预兆,这笑是甜的!

她拖着沉重的身子,怀着轻松的心情登上了东去的列车。她没想到会出事，但这确实是个容易出事的时刻。

头顶的太阳还是那么鲜亮。

列车颠颠簸簸地向东驶去。太阳和星月在车窗玻璃上交替出现、沉落。她已记不得是什么时候，到了什么地方，许是天空蒙了一层灰尘，许是有些疲劳，她只觉得圆圆的落日失去了往日那耀眼的色调，带着阴郁的气色往下沉，沉……

她马上明白过来了，不是落日西沉，而是自己的身子在下坠，下坠。噢，痛，一阵剧痛。一切都是在一瞬间发生的，她也是在一瞬间明白过来的……

列车上，没有医生能帮她接生。她本能地跑向厕所，那是不顾一切地小跑着进了厕所。

现在，唯有这里是她的躲身之地。可是，进来后，她才感到无所适从。厕所，空空的厕所……疼痛已经使她有点支撑不住了，她想喊人来助自己一臂之力，已经不可能了。一摊血水从她的双腿下喷涌而出……

孩子降生在厕所里，她自己就是助产婆。她用嘴里吮过的指甲刀剪断脐带，脱下棉衣把孩子包好。

当旅客们涌上来准备帮忙时，她已抱着孩子站在了厕所门口。

她的脸上挂着一层虚汗，脸色苍白，显得疲惫不堪……

车厢外，布谷鸟的叫声正飘过田野里的麦苗。

孩子的哭声很清亮，牵动着车厢里每个人的心。这哭声应该传到昆仑山里去……

这是一个一辈子都不会忘记自己苦难母亲的孩子啊！

我该讲第二个故事了，不能说这是一个只有抽泣没有叹息的故事。

青藏人包括他们的妻子是绝对没有工夫叹息的,一旦有了这个工夫,哭声、叹声揪人心!

他叫陈文耀,是汽车团的一位副营长。妻子的97封情书也没有把他拽下青藏线,他依旧不动声色的带领着车队,在雪山冰河间忘情地奔驰。

他总是垂首不语,心情沉重,木然,难道他的心是石头做的?不,他想哭,可是,已经没有了泪水。泪水化作了飞轮,在雪线上旋转。

妻子沈丽辉是在泰国出生的归国华侨,在特区汕头市一家大集体工厂当工人。1979年,陈文耀从青藏线回家探亲和沈丽辉结婚时,那才叫一无所有呢。丽辉向单位借了一间房子,办了喜事。被窝还没暖热,一个月假就满了,陈文耀返回了青藏线。他不仅给妻子留下了孤独、寂寞,还留下了恼人的"债"。他走后没一个月,单位就要收回房子。是呀,原先说得很清楚,这房只借给他们办喜事,单位好些职工都盯着要住呢!陈文耀远在青藏高原,忧心、着急也没用,一切烦恼、苦头全由妻子那孱弱的肩头承担。她四处求情找人,好不容易才从一位同学家借了间七平方米的房子。一张床,一个桌子就把屋子占得满满当当的,她也满足了。虽然这房子不属于她,但同学说让她安心住着,不会轰她的。她有个想法,安安稳稳住几年,为文耀养个大胖小子。因为这时候她已经有了身孕,肚里的那个小家伙经常用脚蹬她,怪不是滋味。她心想准是个男孩,要不怎么会有那么大的劲?

沈丽辉这普普通通的心愿竟变成了奢望。小家伙并没有降生在妈妈为他苦心借来并精心装饰好的这间本不属于他的房间里。那是一个多么可怜的小生命呀……

那个时刻沈丽辉是永生永世都不会忘记的。深夜一点来钟,她的肚子突然痛得要命,真痛。她双脚在床上胡乱地蹬着,还喊着"陈文耀"的名字。可是,身边没有一个人。陈文耀是听不见妻子这惨痛的呼喊的,也许此刻他正在唐古拉山下的兵站车场上修理抛锚车呢。丽辉在一阵躁动、呼喊而没人前来后,她知道一切都要靠她自己去支撑了。这时,她反倒显得镇静了,咬着牙从床上爬起来,挣扎着向屋外扑去。外面是黑洞洞的夜……

她要到医院去,必须尽快去!此刻,疼痛已经让位,她只有一个愿望:跑到医院去。她跑着跑着,越跑心越急,越跑腿越沉……不行了,她跌了一跤,摔倒在路上。瞬间,揪心的疼痛又泛起,大面积的剧痛占据了她的整个身体,她知道孩子生出来了。之后,她便昏死过去……

等她醒来时,已经躺在了医院里。她什么都不顾就先问医生:"孩子呢?"医生说:"可怜的孩子已经死了。"她一听,放声大哭,边哭边说:"文耀呀,我对不起你,我没有把孩子保住。我原想等孩子长到一周岁时,我抱上他到格尔木去看你,让他叫你爸爸。可是,现在孩子没了,我对不起你……"大家跟着她一起淌眼泪。

陈文耀,此时此刻你在哪里?你听到从家乡传来的这让人心碎的哭声了吗?

沈丽辉出院后,给丈夫写了一封信,那是一封希望没有消失、失望涌满心间的信呀!

文耀：

　　我已经出院一个多月了，身体还有点虚弱，但不要紧，你安心工作。这次住院花了2000多元，我妈垫了800元，我自己也积攒了些，连你邮来的300元，现在只欠别人700多元。问题不大，只要两年就能把账还清。

　　还要告诉你一件不太好的消息，我们编织厂下马了，厂里要求所有职工自谋出路。那些男职工还能干点儿体力活，还能跑买卖，我个女人家能干什么？我想了很久，只有一个办法，帮私人办的毛织厂织毛衣，没有机器，全靠手工，一个月只能挣二十多块钱。请你帮我出出主意，干还是不干，不干就得吃闲饭，全靠你养活。

　　文耀，你还是回来吧，别在部队上干了，你知道我一个人在家有多么艰难吗？你已经当兵11年了，也该为咱们这个家操点心了。真的，别再让我伴着眼泪过日子了。

你的丽辉

　　有这样一句流传很广的话："做人难，做女人更难。"以我之见，应该再加一句话："做军人的妻子还要难。"沈丽辉不难吗？瘦弱的她独自撑着一个家，她希望丈夫能回到身边和自己一起分忧解愁。但是，丈夫无法满足她这最基本的要求。最后的结局是她带着户口本在青藏高原安了家、扎了根。她是满心欢喜地上了高原。

　　她像丈夫一样，整个生命也属于青藏高原！

爱不起也恨不起

金盏花朝着春天怒放，是为了酬谢阳光和春风。

柳莺没日没夜地背着沉沉的日头在这个几乎与世隔绝的山村里辛劳忙碌，完全是冲着在青藏线上开车的丈夫。那绝对是个好兵啊，差不多每年都要往柳莺手上送来一张立功受奖的喜报。要知道，这设计着红旗、麦穗图案的喜报的来到，不亚于给山村送来了一轮红太阳。今日后响乡长又把一张喜报送到村头,喜滋滋地对大家说:"金牛这小伙就是为咱山里人争脸，人老几辈也难遇上这么个好崽娃！"她悄悄地站在门洞里听着，心跳得脸儿直发烫。

金牛就是柳莺的他。这个晚上柳莺一夜都没合眼，乐得她心里像爬了只喜虫，隔一会儿就划个火柴点着灯，把那喜报捧上看个够。怪不，多少年了，喜报也不止一两张了，今个儿干嘛乐得快疯了？渐渐地，她的心飘出了这个山村的小泥屋，到了青藏线……

忽然，窗外一阵轻微的响动，柳莺的心下意识地一缩，屏住气。

过了一会儿，一个轻轻的声音从窗缝里钻来:"莺，是我……"

柳莺的心头吹过一阵寒风。她一口吹灭了灯盏，用被子蒙住头。她不愿听这声音，实在不愿听。

直到这时，她才明白过来，今天收到金牛的喜报后涌满心头的不仅仅是喜悦，还有揪碎她心的羞愧，而且更多的是这种羞愧。

羞愧呀……

婚后第22天，金牛就告别了热乎乎的新媳妇柳莺返回了青藏线。可以想象得出，这时候柳莺心里有多惆怅、空虚。22天能满足这个妙龄少女的爱吗？分别的那天清晨，她双手摇着金牛的肩膀边哭边说:"狠心人,你就那么忍心扔下我?"金牛当然也落了泪,他在柳莺的脸蛋上留下了一个深深的亲吻后便走了。

不是他心狠。青藏线上的运输任务紧得喷火,连里连着发来两封电报催他归队。军人的日程上只有战斗的安排。

柳莺在送走丈夫后最初的日子里,心里像丢了魂一样的不得宁静。后来,时间长了,慢慢地也就习惯了。再说家里活儿抢手,婆婆有病得靠她服侍,一忙起来就顾不得更多了。唯有夜里是她最难熬的时辰,睡不着,又醒不来,好压抑好孤独!

家门口有棵柳树,柳莺常常在静夜里悄没声地立在树下,长久长久地望着远方,猜度着哪颗星星下是丈夫居住的地方。柳树上挂满了柳莺的思念……

婚后第二年,金牛探亲回家住了20天又走了。柳莺给他生了个胖小子。金牛好乐啊。在高原上开着车整天高兴得唱着没曲没调的歌儿。

柳莺肩上的担子更重了,孩子要她抚养,婆婆的病又加重了,她没日没夜地照料,还有家里承包的二亩田,全靠她一人操持。女人啊,一个女人的肩头担着一个男子汉都难以挑动的生活重担!

生活中还是好人多。正是在这个时候,一个棒小伙撞进了这个快要倒塌的家。天地作证,他绝对不是怀着什么恶意来的,他把柳莺叫嫂子,看她一天到晚忙得不歇肩,便心甘情愿地来给嫂子帮忙。

"嫂子,我有的是力气,这力气又不是掏钱买的,我不心疼它,以后家里有啥累活你就交给我吧。"

柳莺是个刚性子,就是累得骨头落了架也不会去求人的。可是,她见这位兄弟这么诚心来帮自己,便不好意思将人家的好意拒之门外。小伙子的坦诚是可爱的,他大方地进出柳莺家里、田里,什么累活脏活都争着往自己肩上搁。柳莺便腾出手来去忙家务事。每次小伙子在田间帮着下苦力,柳莺总会倾其所有为他做顿好饭。小伙子感激她,她更感激小伙子。

金牛又回家探亲了。他很快得知妻子和小伙子有了那回事。他苦恼极了,一连三天没理柳莺。夜里她在床头的墙角里,哭得像个泪人。儿子还不懂事,睡熟了,脸上浮现着笑容。他借着微弱的灯光看着儿子的脸,那脸跟他长得一模一样。他心里酸!柳莺还坐在墙角哭。

他提出离婚。

没想,他这话一出口,遭到了全村人的反对。一位大叔牵着他的手把他叫到自己家里,说出的话震颤了他的心:

"你这个家,多亏了你媳妇支撑!这是一村的人都看见的。你娘常年病倒在床上哼哼,端水端茶端尿,哪样不是她一双手!白大忙完地里的活,回家来又有一大堆活等着她,累啊!那年家里没钱给你娘买药,她背着孩娃,上山采小果果到市场去卖,卖了小果果再把药买回来。这些,你看不见呀!现在你要蹬了她,良心呢?"

金牛不言声。大叔接着说:

"那熊(指小伙子)是不该干那伤天害理的事,可你不知道,他也给你家帮了不少忙。你倒好,农忙时家里需要你,盼不回你,等到冬天农闲了,你回来了。一个女人家地里忙乎几亩田,还担着家里的活儿,容易吗?啊!他见你媳妇累得不行,就主动过来帮忙,一干就是好些天。你媳妇毕竟是女人,她不是木头。她知道她不该干对不住你的事,她向你认错了还不行吗?啊?"

他扎着个脑袋,陷入了深深的痛苦之中。他无话可说——他又有好多话要说啊!好久,他用拳头砸着脑门:"她亏待了我,我也亏待了她啊!我俩都是'债主',谁也还不清谁的债!"

他有爱,也有恨;他爱不起来,也恨不起来啊!

他又回部队去了。她仍留在家中。

等待是痛苦的,可她依旧坚韧地等待着……

尾声—开始

　　我在格尔木兵站部指挥所小院里一棵开得相当灿烂的紫丁香树下，与一位佩戴少尉军衔的护士握手时，那双手令我大吃一惊：冰冷，骨骼发达，颜色又紫又红。

　　这会是女性的手吗？一位 25 岁的姑娘啊！我握过多少这样的手了。这手像没有雕琢的石块，它孤傲地占据着我的心。

　　青藏线人的手！那上面凝聚着昆仑山岩石的成分。这位姑娘在高原上已待了七年了。

　　我不能不对这位令我佩服的姑娘刮目相看，她的勇敢和开朗足以显示高原女性的豁达性格。

　　她并不认识我，但是她已经知道了我要创作一部反映青藏线部队生活的报告文学。她对我说话的口气好像唯恐我把她们写进去，又好像担心我不写她们。不管她对我讲什么，脸上总挂着那么一丝笑，到终了我也没把那笑琢磨透。

　　她问我："你打算怎么写我们这些高原上的女孩子？"

　　女孩子？好亲切。特别是从女孩子自己口里说出来更是如此。

我一时不知该怎么回答这突如其来的提问，便不得不用一句放之四海而皆准的话回敬她："如实地写。"

显然，她很不满意这样的答案，说：

"如实？就怕作家们不知道这个'实'。"

不等我插话，她就自问自答地、滔滔不绝地讲起来。

"这么说吧，作家们写高原女性的作品，我们看得多了，看腻歪了。一写起我们来就是女的在高原苦熬，男的在内地傻盼，天各一方，思念无穷，孤独绵绵。我不是说这么写不行，但总是一条道走下去，眼泪就把人淹死了！我们为什么不能用眼泪编一朵花呢？明天的太阳总是新鲜的。我可以告诉你，现在我们这些高原女军人有一种新的苗头，这就是改变着过去那种非要到内地找男朋友的惯例，而是在高原上成家。既然青山处处埋忠骨，为什么就不能做到祖国到处都是家？据我所知，我周围就有五个好朋友已经在青藏线上有了男朋友，他们有的是汽车团的排长，有的是地方政府部门的工作人员，还有的是军工厂的职工。就说我和小白吧，我俩的男朋友都是我们医院的医生。我们不是想入非非，我们只想在昆仑山下生儿育女。大家都想开了，这样蛮好的。"说着，她把一位和她一起来的，长得白净、苗条、文静，同样是少尉的女军人介绍给我。我真不敢相信，昆仑山下竟有这么一个美人儿。昆仑山因为她的成家立业，芨芨草也会变成玫瑰花。

我继续问女少尉："你能不能告诉我，你们为什么要走这在许多人看来不理解的路？"

她不屑一顾地瞥了我一眼："我早算准了，你会这么提问。为什么？高原上的日子太苦人了呗。谁不明白这个道理：夫妻分居两地多熬人啊，女孩子在感情上承担的痛苦太多而欢乐太少。她们本来就是脆弱的。索性，就在高原上找一个，两个人合力去面对生活中的艰辛，总比天各一方地独吞思恋的苦涩要好得多！"

我再没有往下问。我已经明白了一切。她拽上伙伴默默地走了，好像没有了刚来时的那种锋芒。

看着她们的背影，我的心情很沉重。这是重返青藏线以来没有过的沉重，沉重……

青藏线人的内心世界太复杂了！想要了解他们很困难，想要走进他们的心里更不容易。在这部报告文学快要煞尾的时候，我突然觉得我对高原女性的了解还少之甚少。她们是一棵大树，我写下的仅是这棵大树的一些枝叶。

少尉姑娘勇敢地给我提出了一个新的课题，使我作品的结尾变成了开头，我必须探索下去。

山是地球的头颅，戈壁是地球的胸脯。从大山的高远里，从戈壁的浩瀚里，我能汲取一个完整的世界，来丰富我的内心。

我是一只挂着小小征帆的船，我希望我能永久地在青藏高原的怀抱里搁浅。真的！